계절이 오는 향기

Moments of Happiness

prologue

사계절처럼 적당하게

한 사람이 살아갈 방향을 결정짓는 것은 경험이 아닐까 생각한다. 나에게도 그런 강렬한 경험이 있었던가 생각해보면 재빨리 떠오르는 추억이 있다. 초등학교 저학년 때 여름방학마다 경상남도 고성에 있는 친척 집에 놀러갔다. 오래된 2층 주택이었다. 그곳은 친할머니의 막내 여동생의 집으로 쉽게 말해서 아빠의 이모 집이었다. 부모님 없이 동생과 둘이 버스를 타고 가기도 했고 제법 대담하게 나 혼자 시외버스를 타고 고성버스터미널에 갈 때면 할머니가 마중을 나오시기도 했다. 어린 나이에 가족과 떨어져 며칠을 지내고 올 생각에 나는 동화책 속에 나오는 모험가 주인공이 된 듯 설렜다.

열 살 무렵으로 기억하는 여름엔 우리 가족이 다 함께 고성에 있는 바닷가에서 신나게 놀고 왔다. 8월의 중순, 후덥지근한 공기가 밤까지 이어졌다. 더위를 식힐 겸 수박을 들고 옥상으로 올라갔다. 길다란 의자에 반쯤 누워 물끄러미 하늘을 바라보고 있었는데 때마침 하늘에서 빛줄기가 쏟아졌다. 쏟아진다는 표현이 걸맞게 많은 유성이 궤적을 죽죽 그으며 존재를 드러냈다. 빛 기둥이 물살을 타고 내려오는 듯한 근사한 풍경이었다.

우주에서 지구 대기권으로 꽂혀 들어오는 신비한 빛. 어린 나의 가슴에 그 순간 알 수 없는 것들로 가득 찼다. 환희에 찬 마음을 표현할 단어를 찾기도 어려운 나이였다. 계단을 뛰어 내려가 거실에 있던 가족에게 어서 올라와 함께 보자고 보챘다. 나의 재촉에 모두 옥상으로 올라왔지만 나처럼 오랫동안 그 순간을 즐긴 사람은 없었다.

그래도 아무 상관없었다. 그 벅찬 기분은 오히려 나만 알고 싶은 감정이었다. 눈을 깜빡일 수 없게 하는 그 광경을 보며 시간이 아주 천천히 흐르는 것 같았다. 그 시간이 끝나지 않기를 바랐다. 난생처음 보는 유성우는 하늘을 가로지르듯 내 마음을 가로질러 들어왔다. 가장 좋아하는 계절인 여름에 강렬한 기억으로 남았다. 8월이니 페르세우스유성우였을 것이다.

운명같이 마음으로 들어온 그 여름밤이 차츰 나의 삶의 방향을 가리

켜주었다. '별 보는 사람이 되어야겠다.' 그것은 숱하게 흔들렸던 내 진로 결정과 취미에 내적 동기가 되었다. 고등학교 때는 천문 동호회에 들어갔다. (그곳에서 열리는) 관측회에 참여하려고 "절대 안 된다"는 부모님을 거듭 설득했다. 설득 중에는 "애가 이렇게 좋아하는데 한번 보내줘라"는 할머니 입김도 있었다. 늦은 토요일 밤, 어떤 날은 학원 수업이 자정 가까운 시간에 마쳐서 부모님이 차로 관측회가 열리는 장소로 데려다주기도 했다. 또 어떤 날은 야간자율학습시간(야자)에 온갖 핑계를 대고 빠져나와 친구들과 천문대에 가기도 했다. 당시 담임 선생님은 물리학을 전공했고, 내 취미를 흥미롭게 봐주셔서 생각보다 쉽게 야자를 빠질 수 있었다. 학교를 나오던 신나는 발걸음이 잊히지 않는다.

집을 떠나 낯선 사람들과 별을 보는 하룻밤은 그 어떤 놀이보다 재미있었다. 1년에 몇 번, 내가 갈 수 있는 한 자주 관측회에 참여했다. 유난스럽지 않게 함께 친구들과 밤하늘을 올려다보는 행동은 동질감 이상의 감동을 받았다.

만질 수도 가질 수도 없이 오로지 바라보기만 해야 하는 우주의 아름다움은 누구에게나 공평하다. 누가 더 가지고 덜 가지고 할 것이 없다. 동이 터 별빛이 지는 순간까지 하늘을 올려다보는, 결과보다 과정이 아름다운 행동. 거대하고 찬란한 빛이 셈할 수 없는 시간을 달려와 내 눈 속에 들어오는 순간. 그 순간은 주변이 어떻든 나라는 우연한 존재가 여기 있음이 감사하게 여겨졌다. 세상에 존재하는 많고 많은 아름다움 중에 별빛의 아름다움에 시선을 빼앗겨 우주가 궁금했고 알고 싶었다. 그렇게 최종적으로 내 진로는 대기과학을 거쳐 지구과학교육이 되었다.

'별을 보는 사람'이라는 말은 꽤나 낭만적으로 들린다. 뭔가 있어 보이기도 한다. 그저 반짝이는 무언가를 본다기 보다 그 속에 담긴 시간과 신비를 '신기해한다'는 것이 더욱 의미에 가깝다. 밤하늘에 숱한 별(물론 지구에서 눈으로 볼 수 있는 별은 약 6000개 정도이지만)의 나이는 각각 다르다. 태양은 46억 년 정도 되었고 오리온자리의 붉은 알파성 베텔게우스는 730만 년 정도 된 별이다. 빛이 지구로 닿기 위해 오는 시간도 각기 다르다. 태양 빛이 지구로 오기까지는 8분이 걸리고 베텔게우스 빛은 643년이 걸린다. 이렇게 서로 다른 시간을 날아와 내 눈에서 빛난다는 사실이 매일 신기하기만 했다.

아름답고 신기한 것투성이. 그 경이로움을 내 아이에게 알려주고 싶었다. 우리가 살고 있는 지구에 변화를 철마다 느끼고 그 속에서 놀며 관찰하는 아이. 이해하기는 무리여도 주변 모든 것에 정확한 명칭과 특징을 알려준다면 정개념을 토대로 유의미한 상상을 할 수 있을 것이다.

세상에 얼마나 재미있는 것들이 많은지 알아가는 즐거움과 그 성취감이 무엇인지 차근히 함께 해주고 싶다. 아이가 겪을 세상은 우주처럼 무한히 크기도 할 것이며 눈으로 보이지 않을 만큼 매우 작은 세상이 될 수도 있다. 걸음걸음 위에 행복이 널려 있다는 사실과 그걸 구분해 내는 안목만 있다면 어디선가 행복을 얻으려 애쓰지 않아도 발견할 것이라는 점도 알게 되었으면 좋겠다.

지구가 가장 가까운 별인 해를 한 바퀴 돌아 다시 기다리던 계절을 맞이하듯 부모인 나는 그렇게 진리처럼 아이를 사랑한다. 좋아하는 계절이 돌아오길 기다리는 마음은 매해 새롭게 설렌다. 나의 따뜻한 계절처럼 아이는 성큼성큼 커서 나를 기대하게 하고 기쁘게 한다. 많은 예술 작품에서 계절 예찬을 하듯이 나에게 아이는 계절이 오는 향기가 주는 위안과 행복 같다.

어릴 적 별을 향한 경험은 나의 여러 시간대를 지나 내 아이에게 닿았다. '우리는 별을 보는 특별함을 가진 사람들이야.' 남들이 보기에 별 것 없어도 스스로 별것인 삶. 우린 서로 사랑하기 위해 만났고 적당히 멀지도 가깝지도 않게 서로의 주변에 머물기를. 사계절처럼 적당하게.

2023년 여름
이 다 인

목차

contents

더 나은 사람이 될 기회

2015.04.02.

임신했을 때 별다른 태교는 없었지만 줄곧 '우리 재미있게 지내자, 엄마는 널 존중할게, 사랑해 아가야'라고 몇 번씩 말했다. 둘이서 재미있는 결혼생활이 3년 정도 지나고 부부로서 사랑이 충만해 누군가에게 우리의 사랑을 나눠줄 수 있을 즈음, 셋이면 더 재미있겠지라고 얘기하곤 했다. 지금 우리는 새로 온 작은 사람과 삶을 살아가는 중이고 자식이 없을 때는 절대 알지 못했던 새로운 방식의 사랑에 하나씩 눈뜨고 있다. 산부인과에서 임신 사실을 확인했을 때 종근은 태명을 망설임 없이 캔디라고 지었다. 우리의 달콤한 사랑 캔디. 사랑을 표현하는 데는 달달한 것만 한 게 없으니까.

그럼에도 출산 후 감정은 이제 도리 없이 끝까지 한 생명을 책임지고 길러야 한다는 사실에 모성애보다 두려움이 앞섰다. 어떻게 기를 것인가 어떤 아이로 기를 것인가는 두 번째 문제였다.

대학교 교양 시간에 아동발달과 심리 수업을 들은 것이 전부였던 육아에 무지한 내가 하루를 무사히 보내려면 끝도 없는 몸과 정신의 노력이 필요했다. 관찰하고 또 관찰했다. '오늘은 무슨 변화가 있었기에 아기가 이렇게 울까? 며칠간 아기에게 무슨 일이 있었지? 내가 뭘 먹었고 뭘 했지? 날씨는 어땠지? 아기가 변은 보았나? 젖을 먹을 때 행동은 어땠지?' 관찰하며 아기를 파악하기 위해 애썼고 밤마다 울었다.

아기 말고 내가 울었다. 도대체 내가 뭘 잘못하고 있는지 잘하고 있는지 알 수가 없어서 아기가 자지러지게 울 때면 나도 참지 못하고 눈물이 났다. 이윽고 아기가 진정되면 다시 생각했다. 아기가 무엇을 말하고 싶었을까. 수없이 생각하고 관찰하고 울음의 의미를 알아내려고 했다. 아기가 울음으로 의사소통을 하는 것은 당연한데 우는 소리를 듣고 있으면 마음이 괴로웠고 내가 잘하지 못해 우는 것 같아서 자신에게 화가 나 힘들었다.

어떤 어른들은 아이를 낳으면 저절로 큰다고 하지만 나는 그 말을 믿지 않는다. 매일매일 다르게 크고 있는 아이가 주는 신호를 놓치고 싶지 않았다. 배가 고플 때는 어떤 입 모양인지 어떤 소리를 내고 우는지, 기분이 나쁠 때는 어떤 카랑카랑한 소리를 내는지 신기하게도 모두 달랐다.

졸릴 때는 응얼거리며 동그란 울음소리를 냈다. 잠을 잘 때도 "쿵 캉 낑" 등 여러 소리를 냈다. 나는 마치 초식동물처럼 새벽마다 작은 아이의 소리에 깼고 아기 침대로 달려가 코 밑에 숨을 쉬고 있는지 손을 대 보기도 했다. 내 손바닥만 한 아기 가슴에 손을 대고 숨을 잘 쉬고 있는지, 어느 쪽으로 돌아눕는지 자꾸 살펴봤다.

아주 미세한 다른 반응은 부모가 아니고서는 알지 못하는 소중한 첫 소통의 순간이다. 어쩌면 그런 궁궁한 노력 없이도 시간이 지나면 저절로 캔디가 주는 신호를 잘 이해할 수 있었을지도 모를 일이다. 그러나 나도 아기도 그저 본능에 따라 매일을 쩔쩔매며 보낸다고 생각하면 하루하루가 너무나 억척스럽게 지날 것 같았다.

여러 군데를 데리고 다녔거나 바깥 활동이 길면 대부분 밤에 투정이 길어졌다. 인과관계가 명확한 듯 말하고 있지만 사실 얼마 되지 않는 내 경험에 의한 추측이다. 투정 끝이 길어지면 아기가 오늘은 꽤 피곤한 하루였구나 하고 생각하면 될 것도, 이렇게 어린 아기를 데리고 다닌 것이 큰 잘못이었을까 아기의 부정적 감정의 신호를 알아차려주지 못한 잘못일까 하고 생각했다.

엄마 인생 겨우 며칠째라 완벽한 엄마의 모습으로 아이를 돌볼 수 없다는 사실을 알면서도 목욕을 혼자 시키다가 물 온도가 뜨거웠거나 손이 미끄러져 아기 얼굴에 물을 철푸덕 묻거나 하는 날엔 밤에 그 순간이 반복적으로 떠올라 잠이 오질 않았다. 벌벌 떨며 손발톱을 깎아주다가 보이지도 않을 상처가 났는지 아기가 울음을 터뜨리면 또 목이 콱 막혀 눈물이 났다. 미안하다는 감정을 이렇게 잘 느낀 적이 인생에 있었을까? 사춘기때 부모님과 언성을 높일 때도 미안한 감정이 들지 않았는데 딸에서 엄마로 역할이 바뀌는 순간 하루에도 몇 번씩이나 미안함이 죄책감으로 연결되었다.

잘잘못을 따지며 처음 느끼는 초짜 엄마의 마음을 죄책감으로 연결하는 것이다. 이처럼 아기가 없었으면 모를 미안한 감정이 모성애일까. 애틋함일까. 애잔함일까. 부모님이 내게 준 하해와 같은 사랑으로는 모성애와 부성애를 이해하기 쉽지 않았다. 철저히 자식 입장에서 그저 당연한 것이었다.

처음 만난 우리가 소통하는 방식은 대화와 스킨십이었다. 매일 될 수 있으면 모든 것을 이야기하기로 했다. 심지어 기저귀를 갈 때마다 그 과정을 이야기했다. 가끔은 마치 자신의 사고와 행동을 조절하기 위한 사적 언어를 다시 쓰게 된 것 같았다. 이런 과정은 어쩌면 온종일 집에서 육아를 하며 누군가와 대화를 하고 싶었을 욕구를 반영했을지도 모른다.

반대로도 아기가 엄마를 관찰할 때면 집안일 하는 모습을 볼 수 있게 무엇을 하는지 이야기했다. 음식을 할 때는 그 과정을, 비가 올 때면 비가 오는 원리를, 황사가 짙은 날에는 황사가 오는 원리와 태양은 지구에서 볼 수 있는 가장 가까운 별이라며, 그냥 다 기분 탓인지 아기는 내 말에 귀를 기울이고 듣고 있는 것 같다. 한편 혼자서 즐기는 아기의 사생활을 존중해주었다. 이런 과정에서 이 작은 사람 역시 우리 가족의 일원이구나 하고 생각할 수 있지 않을까.

사사롭던 이전과 다르게 아이를 키우는 지금은 공감 능력이 커졌다. 이타적이라고 하기는 거창하나, 호혜롭다 정도는 된다. 누가 우는 것을 보면 따라 눈물이 날 때도 있고 영화의 한 장면도 관객의 입장이 아닌 등장 인물에게 감정을 이입한다.

그래서 자꾸만 애잔해지는 이 감정은 편하지가 않다. 길에 혼자 서 있는 아이(그저 학원 차를 기다리고 있는 아이였는데도)가 걱정되고 길 가다 들리는 "엄마" 소리에 도와줄 일은 없는지 돌아보게 된다. 나와는 상관없는 상황이라 모르는 척하면 그만일 상황도 들여다보는 것이다.

편치만은 않은 이 감정들은 각자가 있을 작은 사회를 좀 더 따뜻하게 만들 수 있다는 것을 안다. 인생에 커다란 이벤트가 있으면 사람도 바뀐다고 하는데 출산만큼 큰 이벤트가 있을까 싶다. 10년을 길러도 어린이인 작은 아기에게 무한한 사랑을 줘야 하는 시간들. 사랑이 꽉 담긴 시간은 분명 긍정적인 성장이 있다. 보고 배운 바 있는 아이로 기르기 위해 숱한 선택 중 더 바른 방향의 선택을 하게 된다. 자식을 기르는 동시에 나는 나도 기른다. 어느새인가 어른의 마음가짐을 배우고 있다.

백 일

2015.04.17.

백일 된 아기에게.

모란 같은 내 아기 세상에 온 지 백일이 되었구나. 얼마 없는 가는 머리칼에서는 들풀 향이 나고 하얗고 포실하게 살이 오른 여린 몸은 어느덧 스스로 지탱할 만큼 야물어진 것이 대견하다. 엄마가 되기 전에는 이해할 수 없었던 어찌 보면 불편하기도 한 이 감정들이 애틋함이라는 것을 알기까지 꼬박 백일이 걸렸구나. 사랑스러운 내 아기야 엄마와 아빠가 너를 천천히, 욕심 내지 않고 한 발자국씩 맞춰서 걸어 나가기를 다짐할게.

아직 모르는 것이 많아서 네가 자고 있는 그 시간 내내 몇 번이고 가슴에 손을 올려 작은 몸이 숨을 쉬며 팔딱이는 것을 확인해야 마음이 놓이고 조그마한 얼굴이 활짝 웃는 것을 보면 신비롭고 따라 웃음이 난다.

우리의 작고 사랑스러운 이 집이, 바다같이 느껴질 작은 시내가, 끝없어 보이는 동네 하늘이 좁게 느껴질 때가 오면 엄마와 아빠는 너를 훨훨 날려 보내줄 수 있을까. 너를 갖기 전 했던 수많은 다짐을 엄마가 된 지금 잘 지킬 수 있을까 하는 의문이 들기도 한다. 우리에게 와 준 너를 감사히 받아들이고 힘닿는 데까지 지켜줄게.

우리 아기가 하느님 닮길 원하지만 한편으로는 그 아픈 측은지심과 사랑이 너에게 부담이 될까 두렵기도 하다. 사랑하는 내 아기 모란 같은 내 아기. 따뜻한 너의 몸을 한 품에 안을 수 있는 지금 순간에 감사할게.

백일이 된 것을 축하해.

정이 깊어지는 거야

2015.06.04.

엄마가 자식을 품는 일은 당연할까?

아기가 밤잠을 자기 시작하면 그제야 아기가 놀다 남긴 흔적을 치운다. 거실에 나와 보면 아기가 놀고 난 모든 이야기가 보인다. 조막만 한 손으로 잡고 두드리고 했던 장난감들, 혼자 사생활을 즐겼던 소파 구석 자리와 텔레비전 장 옆, 재미나서 꺄르르 웃었던 그 모든 자취를 볼 때마다 오늘 하루도 아기는 행복하고 재미있었겠구나 싶어 흐뭇해진다.

잠이 들기 전 낯선 느낌에 저항하기 위해 작은 몸을 파닥이며 울음소리를 내는 아기를 한껏 웅크려 안고 "오늘도 건강하고 행복했지 우리 아가, 내일 또 건강하게 만나자 사랑해 잘자"라고 진심을 담아 몇 번이고 속삭이며 다독였다. 이윽고 잠든 아가를 눕히고 쉿쉿 소리를 내며 깊고 편하게 잠에 빠져들 수 있게 마지막 키스를 해주고 나면 왠지 모를 짠함에 속이 먹먹하다. 그저 의사소통의 수단이 울음이란 걸 생각하면서도 성인인 나의 감정을 이입해 덩달아 아직도 눈물이 난다.

우리 할미도 우리 엄마도 우는 캔디를 보면 그냥 마음이 미어진다는데 나도 그렇다. 건강하고 행복한 아기 캔디이지만 그래도 먹먹한 마음이 드는 것이 지금의 새로운 내 모습이다. 할미도 자신의 엄마가 보고 싶고, 엄마도 자신의 엄마가 보고 싶고 나도 엄마가 보고 싶은데 이 작은 아기는 얼마나 나와 떨어지기 싫을까 생각해보기도 한다.

그래서 아무것도 모르는 아기가 불안하지 않도록 구체적으로 말해준다. "지금 캔디를 스치고 지나간 건 바람이라는 거야. 너가 눈을 찡긋하도록 만드는 게 햇빛이라는 거야." 뭔가를 아는 듯이 나를 바라보고 웃는 캔디를 보고 벌써 출산한 지 5개월이 지났는데도 애잔함이 자꾸 남아 오늘 엄마에게 물었다.

"정이 계속 깊어지는 거야?"

"그렇지."

그렇단다. 이 애잔함이 계속해서 짙어진단다. 그런가 보다. 그래서 오늘도 모든 어린 생명이 마땅히 보호받고 사랑받고 행복하길, 적어도 그들의 유년기는 완벽히 행복하길, 가난이 그 모든 것을 앗아가지 않기를 기도한다. 내 아기의 숨소리가 듣기 좋고 지금 속한 온 세상 구경하느라 바쁜 머리칼 다 빠진 뒤통수가 사랑스럽다.

　당분간 천체 관측을 갈 수 없겠지만 그토록 올려다본 별이 사람이 되어 내 속에 왔나 보다. 아득하게 먼 반짝임, 그저 바라보는 것이 최선인 아름다운 동경 그 자체인 별이 나에게 왔다. 쓰다듬고 안아줄 수 있는 사람의 모습으로. 할미는 캔디가 너무 예뻐 달에서 왔다고 했다. 나의 엄마는 정답은 없지만 진심을 다해 기르는 수밖에 없다고 했다. 스치는 한마디에 가벼운 따뜻함과 사랑을 담아.

낮잠을 자고 난 뒤

2015.07.03.

　내 아기의 몇 없는 머리칼은 초여름에 흩어지는 구름 같고 산호 빛 통통한 두 볼은 능소화 같다. 밤하늘 같이 검은 두 눈동자와 속쌍꺼풀 진 동그란 눈에 이 모를 우주가 있고 옅은 눈썹과 꾀꼬리 날개 같은 긴 속눈썹이 매우 사랑스럽다. 작고 오똑한 코와 보리수 빛 입술에서 새어 나오는 숨에서는 생명의 냄새가 난다. 버드나무 가지처럼 긴 팔과 다리 는 언젠가 아이가 원하는 그곳에 가려고 쉴 새 없이 파닥거리길 반복한 다. 여자 아기라 의심 없는 손으로 주변에 보이는 모든 것을 조물거리 며 탐색하기 바쁘다. 사랑스러운 내 아기야 오늘도 마음껏 사랑해.

7개월 이야기

2015.08.01.

아기가 태어난 지 만 7개월이 지나고 있다. 아직 한 뼘도 되지 않는 작은 등과 제법 굵어진 머리털, 아랫니 두 개, 70센티미터 이상의 키와 몸무게는 8킬로그램이다. 태어나서 지금껏 키가 작았던 적은 없지만 몸무게는 평균 이하라 약간 신경이 쓰인다. 아기는 배밀이를 시작했고 욕조를 붙잡고 일어선다. 이만큼이나 키워냈다.

천지가 개벽하지 않는 이상 과거로 되돌릴 수 없는 삶에 대한 두려움이 생각보다 매우 컸다. 양가 부모님은 모두 타 지역에 멀리 계시기에 육아를 위해 여지없이 내가 일을 그만둬야 했다. 선생님이란 직업은 내가 정말 사랑하는 일이었다. 아이들을 가르치는 일이 어느 것과 비교할 수 없을 정도로 행복했다. 그런 일을 그만둬야 한다는 것은 자아 한

컨이 떨어져 나가는 것 같았다. 일을 그만두면 가계 수입이 줄어든다는 것도 두려웠다. 일을 안 하고 한쪽이 벌어오는 돈으로 생활한다는 생각을 해본 적이 없어 대책 없이 막막했다. 남편은 충분히 잘할 거라고 든든히 말해줬다.

그러고는 우리 이세의 얼굴이 정말 궁금하다고 호기심 많은 나에게 마춤한 문장을 던졌다. 3년간 아이를 낳을지 말지 고민했던 시간이 지난 지금의 결론은 세대 생산에 대한 선택이 옳았다는 것이다. 내가 없으면 살 수 없는 작은 사람은 나에게 본인의 모든 사랑을 준다.

'리벤 벨렙트'(Lieben belebt). 사랑이 살린다는 뜻으로 괴테가 여든한 살에 쓴 글이다. 세상에는 많은 종류의 사랑이 존재하지만 천륜이라고 부르는 자식을 향한 사랑은 인류를 연속시킬 말로 표현이 안 될 오묘함 그 자체다. 캔디를 만나 내 삶에 부모라고 하는 또 다른 길 하나가 생겼다. 누구나 후회하지만 가장 적은 후회를 남기기 위해 매일 힘껏 내 아기를 사랑하는 중이다.

아기가 사람에 있어서 매 개월마다 특수한 능력치가 생기는 것은 아니지만 꾸준히 조금씩, 가끔은 놀랍게 아기는 자라고 있다. '적게 먹고 운동하고, 예습 복습 열심히 하고, 밤보다 낮에 공부하고, 오늘 일을 내일로 미루지 않'라는 말을 모르는 사람은 단 한 명도 없다. 하지만 누군가엔 벼락치기가, 누군가에겐 많이 먹고 운동하는 것이, 또 새벽에 집

중이 잘되는 사람이 있다. 그런 점을 간과하고 이론대로 아기를 키우고자 한다면 그건 분명 큰 실수다.

아기가 신생아 일 때 몇 권의 책을 보면서 수면 교육, 밤중 수유 중단, 이유식 시기, 수유텀, 재우는 방법 등등 전문가가 말하는 방법을 찾아 보았으나 이것이 관찰과 연구를 통한 더 나은 방법이나 효과적인 방법의 육아일지 모르겠지만 전문가들이 내 아기를 보고 쓴 책이 아니라는 것을 깨닫는 데는 두어 달이 걸렸다. 그보다 중요한 것이 관찰이다. 내 아이의 속도대로 고요히 흐르고 있는 소중한 시간을 들여다보고 또 들여다보며 할 수 있는 최선의 사랑을 준다.

모유에서 본격적인 이유식으로 넘어 가는 시기의 가장 큰 화두는 이유식 먹이기다. 사람에게 먹는 즐거움이 클지언데 내가 주는 이유식을 거의 즐기지 않는 모습을 보면서 맛이 없나 콧잔등이 시큰할 때도 있다. 새끼 입에 들어갈 음식을 만드는 데 든 내 노력보다 입에 맞지 않는지 잘 먹지 않는 미안함이 더 컸다. 처음 보는 새로운 음식에 격렬한 반응을 보이고 난 뒤에 준비한 식사를 끝까지 먹이기란 여간 어려운 일이 아니다.

이유식 시간마다 기대감에 부풀어 오늘은 아기 새처럼 입을 벌려주지 않을까 기대하지만 역시나 40여 분의 시간이 지나면 나는 조금 시무룩함과 고단함에 빠진다. 이런 순간에 조금씩 육아 피로가 누적되는 듯

했다. 그럼에도 기쁨을 발견한다. 거부하는 것이 많다면 선호하는 음식을 쉽게 알아차릴 수 있고 어떤 것에 눈을 반짝이는지 어떤 음식에 아빠를 닮아 시원스러운 입매가 크게 벌어지는지 엄마인 나는 알 수 있으니까.

이유식 용기와 숟가락, 턱받이에 관심을 더 보이며 몇 번이나 숟가락을 빼앗겨 이제는 숟가락을 두 개 이용한다. 이유식을 먹이는 유리 용기를 덥석 잡아 자기 앞으로 끌어다가 마구 가지고 놀고 싶어 하는데 어찌나 기운이 센지 빼앗기기 일수다. 물론 내 힘이 훨씬 세지만 억지로 다시 뺏어오려 하면 이내 짜증을 낸다. 자식이라고 그런 것도 대견하다. 짜증을 낸다는 것은 자기 의견이 생겼다는 것이고 자아가 많이 형성되어 싫고 좋고를 안다는 것이니 기뻤다.

하지만 기쁨과 동시에 이유식을 끝내고 난 뒤 주변을 보면 한숨이 절로 나왔다. 난장판이 따로 없었다. 어떻게 상반되는 감정이 매일 뒤섞일까? 곧바로 목욕을 시켜야 함은 물론이고 집 청소를 다시 해야 한다.

우리는 태어난 지 며칠째 되는 날이 처음 배밀이 한 날이고, 처음 혼자 앉은 날 등을 기념해주고 있다. 어린 자식이 벌써 수없이 많은 시도와 실패 끝에 얻은 소중한 첫 성공이기 때문이다. 집중하는 시간이 길어지고 부모의 말에 반응을 빠르고 정확하게 하며 새로운 것에 폭발적인 호기심을 보이고 다양한 높낮이의 소리로 감정을 표현한다. 곧게 누위 팔다리를 파닥거리기도 하고 가지런히 몸 중앙으로 손을 모아 해달이 조개를 까먹는 자세를 취하고, 기지개도 켜고 한숨도 쉬고, 먹기 싫은 걸 먹을 때는 헛구역질을 하며 처음 맛보는 것에 오만상을 다 찡그리는 등 자신의 뜻을 표현하는 다양한 방법이 있다.

내가 말하는 몇 가지를 알아듣고 반응하는 것이 당연하지만 신기하다. 사람을 키우는 일이 이런 거구나. 모든 처음을 눈으로 확인하는 순간이 경이롭다. 아기는 내가 신경쓴 만큼 잘 자라는 듯하다. 밤중에 몸이 피곤한 와중에 선잠이 들어 잠을 자고 아기가 부시럭거리는 소리에 깬다. 정말이지 긴장의 끈을 놓을 수 없다.

웬만한 지저분한 것을 제외하고는 그저 깨끗이 닦아서 탐색하게 두는 편이다. 지금 좋아하는 것은 긴 줄과 카메라다. 놀고 있는 모습을 매일 담고자 카메라를 꺼내 들면 정말 빠르게 다가와 나를 타고 넘어 카메라를 만진다.

비가 많이 올 때면 캔디를 안아 들고 베란다로 나가 빗소리를 들으며 이야기를 나누는데, 널려 있는 빨래 낚아채기에 여념이 없다. 잡고 흔들며 소리를 낸다. 침대 난간도 잡고 흔든다. 우리보다 먼저 눈뜨는 캔디는 일어나면 조용히 뒤집어 침대를 이리저리 혼자 배를 밀고 다니며 가드 쿠션도 먹어보고 이불도 만지작거리며 이불 레이블을 빨고 있다. 내가 뒤척이는 소리가 나자마다 난간으로 몸을 돌려 난간을 '쪼그'(작은 이라고 표현하기 아깝다)만한 손으로 마구 흔들며 어서 와서 나를 안으라며 의사 표현을 한다. 다가가면 활짝핀 목화 같은 웃음을 지으며 손을 바둥이며 아침 인사를 한다. 아직 내 몸은 피곤이 덜 풀렸지만 안아주지 않을 재간이 없다.

이즈음엔 젖을 물어야 잠이 든다는 것이 여간 신경 쓰이는 게 아니다. 어떤 시기엔 눕혀 놓으면 잤고, 어떤 시기엔 안으면 5분 안에 잠이 들었다. 수면 습관이 이렇게 고착되는 게 아닐까 했을 때 또 다른 모습이 보였고 그때마다 '이러한 시기를 지나는구나, 우리 아기가 이렇게 자라고 있구나'라며 경험치가 늘어가고 있다.

요즘은 젖을 먹어야 잠이 드는데 '평생 1~2년 먹는 모유를 아기가 원하니 마음껏 주자'라는 생각과 나쁜 수면 연관이 생길까 걱정하는 마음이 동시에 든다. 9시쯤 잠이 들고 아직 밤중 수유는 적으면 한 번, 진짜 많으면 세 번까지 하는데 이유식을 두 번 먹이는 순간이 오면 자연스레 밤중 수유가 끊어지길 바라고 있다.

"이때쯤이면 밤중 수유를 끊어야 해요. 혼자 통잠을 자야 해요." 등등 마치 그 시기에 꼭 그것을 이뤄내야만 되는 것처럼 말하는 지침서 같은 육아 방식에서 조금 떨어져 그저 내 아기 시간에 맞춰주기로 한 결과 마음이 조금씩 편해졌다. 아이는 우는 횟수가 줄었고 바닥에 발이 안 닿는 듯 불안했던 마음이 고요히 바닥으로 내려앉았다.

'네가 나를 필요로 할 땐 언제든지.' 지금 내 아기의 욕구를 자연스럽게 만족시키는 것이 1년이 채 되지 않은 아기와 나 사이에 신뢰를 쌓는 방법이라고 정해두었다. 심리학자 에릭슨을 포함한 수많은 연구에서는 몸을 떼어놓지 않고 24시간 밀착 사랑을 주는 이 시기가 인간관계의 본질에 영향을 미친다고 말한다. 사람이 속한 가장 작은 사회 단위인 가족이 지구라는 큰 단위에서 어디에서든 살아갈 힘을 주는 밀착 사랑을 주는 짧은 시기다.

내가 없는 세상에서 내 아이가 행복하고 건강하게 지내길 바라는 것이 모든 부모의 궁극적인 목표가 아닐까. 아이를 낳기로 했다면 그만한 사랑을 줄 각오가 되어 있어야 한다는 뜻이다. 낯선 세상에서 생존을 위해 따라갈 빛이 부모가 전부인 지금, 아기가 눈을 맞추며 젖을 먹을 땐 나 역시 눈을 마주치며 미소로 화답한다. 너를 귀하게 여기는 엄마가 여기 있노라고. 너무나 사적인 시간이 행복했으면 하는 바람에서.

어떤 날은 잠들게 하려고 둘이 불을 끄고 침대에 같이 누워 있었다. 그런데 캔디가 곁으로 다가와 나를 지긋이 보는 것이다. 마치 자는지 안 자는지 확인하는 것같이 느껴졌다. 그게 너무 우스워 피식 웃었는데 이 녀석도 같이 피식 하고 웃는 거다. 이런 찰나의 순간에도 염화미소(拈華微笑·꽃을 집어 들고 웃음을 띤다는 뜻)를 생각했다.

7개월은 괄목할 만한 모습이 많이 보였고 그동안 가족의 사랑도 더 커졌다. 관찰과 짐작으로 아기의 마음을 한 번 더 헤아려보는, 상대방을 더 생각하는 사람이 되어가고 있었다. '우리 부모님 역시 헌신적인 사랑을 주며 나를 키웠겠지'라고 생각하면 마음에 온기가 찬다. 캔디와 눈이 마주치면 나는 웃어준다. 그래서 일까. 지금은 분리 불안을 겪을 시기라지만 그리 격렬하지 않고, 대상 영속성이 생긴 것 같아 크게 불안해하지 않는 모습에 안심이 된다. 나를 쫓는 눈과 손에 빛이 가득해 어디서나 내 아기의 모습이 눈에 보인다. 눈에 선하다.

캔디와 이유식 요정 이야기

2015. 11. 20.

캔디는 엄마 아빠 품에서 무럭무럭 자랐어요. 드디어 엄마에게서 나오는 맘마 말고 인간이 먹는 맘마를 먹을 시기가 왔어요. 캔디가 인간 맘마를 먹으려 할 때마다 하늘에서 함께 놀았던 요정 친구들이 찾아왔어요.

"캔디! 네가 먹는 게 무어야? 냄새가 너무 좋잖아. 우리에게도 맛보여줘!"

캔디는 이유식 맘마를 먹다 말고 두리번거렸어요. 엄마 아빠에게 요정 친구에게 줄 이유식을 준비해달라고 했지만 아직 엄마 아빠는 캔디의 말을 알아듣지 못하나 봐요. 하는 수 없죠. 캔디는 스푼을 마구 휘둘러 여기저기 붕붕 날고 있는 요정 친구들에게 나눠 주었어요. 친구들이 맛있나 봐요. 그래서 캔디는 계속 자기 맘마를 친구들에게 휙휙 슉슉 나누어 주었어요.

하지만 엄마 아빠 눈엔 그 친구들이 보이지 않나 봐요. 자꾸 캔디에게 이유식을 흘린다고 뭐라고 해요. 아무것도 모르면서요. 흘리는 게 아니라 그저 친구들에게 나눠 주는 것뿐이라고요.

언젠가 저 요정 친구들도 적당한 집을 찾아 아기로 태어나면 캔디는 더 이상 이유식을 나눠 주지 않아도 되고 그러면 흘리지 말고 먹으라는 소리도 듣지 않게 될 거예요. 아마도 그땐 엄마 아빠가 먹는 밥을 같이 먹을 수 있을 만큼 크게 될 것 같아요.

by. 캔디 아빠 종근

첫 돌
2016.01.05.

첫 돌을 내 손으로 소소하게 꾸려 집에서 간단히 보냈다. 이 정도면 됐다. 원래 하려 했던 돌잔치의 예산은 아이 이름으로 첫 기부를 했다. 무탈하게 돌아온 첫 돌에 감사하며 그 감사함을 나누기로 한 것뿐이다.

사랑받고 사랑 주는 사람으로 자라기를 바라며.

엄마의 밥상

2016.08.11.

　엄마의 무지개 밥상은 해가 지평에 올라올 때 만들어진다. 알맞게 삶아진 연둣빛 배추나물, 적당히 짭짤한 시원한 물김치, 금방 해 고슬하고 뜨끈한 밥, 입에 붙는 오뎅볶음, 아삭하게 씹히는 질금나물, 살강하게 씹히는 홍고추 청고추 고명이 올라간 보라색 가지나물, 막 끓여낸 게 시래기국 말고도 식탁 위에는 예쁜 빛깔의 간이 딱 맞는 반찬으로 가득하다.

　새벽에 일어나 출근 전 엄마는 무지개 밥상을 만든다. 결혼 후 거리가 멀어 자주 가지 못하지만 본가에 가면 여전한 엄마의 수고스러운 노력으로 이 맛난 것들이 내 입에, 내 딸 입에 고스란히 들어가 작은 우리 아기가 머리를 까딱이며 웃음 짓게 만들고 나는 이러면 안 되는데 하면서 밥솥을 열어 밥을 한 술 더 뜬다. 30년 넘게 매일 뭐 해 먹을까 뭐 해 먹일까 고민하고 그것을 밥상에 풀어낸다.

푸성귀에 묻은 흙을 씻어내는 것, 가족들 입에 맞게 재료를 고르는 것, 장만해온 생선을 씻는 것 등 모두가 한결같은 수고로움이다. 이런 기억은 아무리 나이를 먹어도 잊히지 않아 내 마음속 깊은 곳에서 떠올랐다가 가라앉았다가 한다. 사랑은 배우는 게 아니라 온기처럼 닿으면 스미는 것이다.

밥을 먹으며 웃음 짓는 내 딸과 살이 찔까 투정하면서도 수저를 못 놓는 엄마의 딸은 오늘도 새벽에 지어진 수고로운 무지개 밥상 앞에서 피가 되고 살이 오를 엄마 밥을 먹는다. 본가에 온 며칠 새 얼굴이 포동해져 거울을 보고 울상 짓는 나에게 엄마는 "예쁘지 우리 딸." 하신다.

바깥일에 지쳤을 엄마는 30년 이상 새벽에도 저녁에도 무지개 밥상을 만든다. 밥상의 쌀 한 톨까지 엄마의 정성스러운 노동이며, 노동의 가치는 마법이 되어서 내가 먹을 날엔 '더 맛있어져라.' 주문을 넣고 입과 볼을 열심히 움직여 가며 게 눈 감추듯 먹을 다 큰 딸을 생각하며 그렇게 밥을 짓는다. 밥을 지어보는 사람은 안다. 밥을 짓는 사람만이 안다.

19개월 이야기

2016.09.08.

모든 이가 힘겨워서 입에서 뜨거운 공기가 쉭쉭 새어 나왔던 그런 여름날이다. 밤낮으로 에어컨을 틀지 않으면 견딜 수가 없었고 밖에 나가는 날엔 땀 범벅이 되었다. 걸을 수 있게 되어 2살 되는 해 본격적으로 겪는 여름이 하필이면 기록적인 더위였으니 산책을 갈 때마다 캔디는 안아달라고 성화였다. 아기가 안아달라고 하는데 안 안아줄 부모가 어디 있겠는가.

하루에도 집 안에서 물놀이를 수 번, 베란다 호스 하나로 높은 소리를 내며 까르륵 웃는 아이를 볼 참이면 널어 두었던 빨래가 무어 대수냐 빛도 좋은데 다시 빨면 되지 하고는 옷을 흠뻑 적셔가며 놀았던 그런 여름날이었다. 발에 샌들 자국이 선명히 나도록 바깥나들이를 즐기는 날이 수두룩했다. 싱그러운 초여름의 빛은 오히려 습한 공기 덕분에 따가운 봄의 햇볕보다 덜 날카롭게 느껴졌다.

나를 닮아 찬 것을 좋아하고 얼음을 좋아하는 우리 아기, 어린아이에게 난 벌써 아이스크림을 사줘버렸다. 다 먹지도 못하면서 아이스크림이 녹아 줄줄 흐를 때까지 신난 얼굴을 하며 반달 눈웃음이 지워지지 않는 얼굴을 볼 수 있는데 한두 번 사 주는 게 큰 잘못은 아닌 것 같다는 생각이 들었다. 달콤하고 차가운 아이스크림이 혀끝에 닿을 때 사르르 느껴지는 기분은 아기나 어른이나 똑같을 테니까.

작년에는 백일 이후엔 매일 창밖을 함께 내다보며 비가 오는 날엔 비가 오는 이야기, 해가 쨍쨍할 땐 해가 뜨는 이야기, 별이 빛날 땐 별 이야기, 월식이 있는 날이면 옥상으로 데리고 가 월식 이야기를 해주었다.

"월식은 태양 지구 달 순서로 천체가 줄을 지어 서 있는데 달이 지구 그림자 속으로 들어가는 현상을 말해. 달로 향하는 태양 빛을 지구가 막기 때문이지."

그때는 아기띠 속에 쏙 들어가 내가 하는 이야기를 가만히 듣거나 옹알이를 하는 수준이었지만 이젠 함께 이야기를 나누는 사이가 되었다. 물론 과학적인 이야기일 리 만무하다. "엄마 달이 빨간색이야." 정도지만 직관적으로 관찰한 내용을 나에게 말해준다는 것 자체가 감동이다.

동전 앞뒤마냥 어젠 여름, 오늘은 가을이 되어 놀랍고, 갑자기 늦더위가 찾아와 종잡을 수 없는 요즘처럼 그렇게 갓난아이에서 아기로 자란 우리 아가가 항상 날 놀라게 한다. 점점 커간다는 것이야 어느 생명에게나 지당한 것이지만 그 성장을 미리 알고 있다고 해서 감동이 덜한 것은 아니다. 그 모든 것이 나에게로 다가올 때의 기쁨은 배가 되고 사랑은 더욱 커진다.

아침에 일어나면 내가 일어나길 기다린다. 사실 아기가 일어나기 전에 먼저 깨지만 아기의 아침 단잠을 깨우기 아까워 그냥 자는 아기를 보며 만지며 누워 있다. 아기도 아침잠이 어른만큼이나 달콤할까? 대부분의 아침에 기분 좋게 일어나 나를 보고 웃어준다.

"잘 잤니 캔디?"

"응."

"오늘도 재미있게 놀자."

"네에." 하고는 나를 따라 조금 게으름을 부리다가 아침 먹자는 소리에 금세 일어나 따라 나온다.

먹는 것이 복병이었던 우리 아기는 나를 미치도록 조바심 나게 했지만 반쯤 내려놓은 마음에, 보기에 건강해 보이는 모습에, 너 마음대로 해보라는 식으로 두었다. 조금 먹는 맨밥 외엔 젖 말고는 관심이 없는 아기여서 음식 맛을 보고 난 뒤면 어김없이 뱉어내는 터라 보고 있자면 복장은 터지고 한숨이 절로 나와 여간 속상한 게 아니다. 이 고통을 모

46

르는 사람은 "언젠간 먹을 거야"라고 위로하듯 말하지만 하루에 밥 두 숟갈 먹는 것이 전부였던 아기를 보는 건 정말로 힘든 일이었다. 음식을 먹는 것이 부진한 것은 길게 한 수유 탓이라고 자꾸 변명거리를 찾았다. 18개월까지 수유를 하고 있었기 때문이다.

밥을 잘 먹게 하기 위해 단호하게 끊어낼 수 있을 거라 여겼던 단유의 과정은 나도 울고 아기도 울고 결국 둘 다 눈물바다였다. 젖을 안 주는 비정한 어미가 된 기분이었다. 내 인생 두 번 다시 어린 생명에게 젖을 줄 일이 없다고 생각하니 마음이 아린 건지 서운한 건지 모르겠다. 그러면서 하루에도 몇 번씩 몇 밤 자면 엄마가 이제 캔디에게 젖을 안 줄 거란 말을 했다.

"세상 모든 포유동물의 아기들은 이런 시간을 겪는단다. 엄마도, 아빠도, 할머니 하부지도 모두 모두 이 시간을 견뎠어. 아가 너도 할 수 있어. 괜찮을 거야 엄마가 약속할게."

단유를 해야 하는 아기에게 이 말을 몇 번이나 했는지 모르겠다. 노력 끝에 18개월 무렵 완전히 단유를 했다. 결국 그 마음고생을 돌아 돌아 19개월인 지금은 밥을 잘 먹는다.

쌀을 씻을 때도, 냉장고에서 재료를 꺼내서 무엇을 만들 것이며 무엇이 먹고 싶은지 물어보며 마치 친구에게 말하듯이 어른의 단어로 대화를 이어간다. 대신 말투는 늘 상냥하고 부드럽게 한다. 아이가 나를 보든 안 보든 아이에게 눈길을 주며 미소를 지으면서 그렇게 말한다. 어떤 날엔 먹고 싶은 음식을 주문하기도 하고 어떤 날엔 대꾸도 없이 장난감 바구니를 뒤적거린다.

한동안 부엌에만 가면 내 두 다리를 붙잡고 나를 안 놔주고 "엄마 엄마 안아"를 반복하던 아기였는데 어느새 나랑 대화를 하면서 저는 거실에, 나는 부엌에서 그렇게 각자의 일을 하며 편안히 말을 나누고 있다. 아침 식사를 같이 하면서 주문이 많다.

"엄마 젓가락! 젓가락 줘! 캔디도 캔디도!"라고 말한다.

"캔디도 젓가락 줄까? 네가 고를래?"

"네, 내가 고를래."

거의 이런 식의 대화다. 열심히 말을 배울 시기라 나는 아이의 말을 한 번 더 되짚어 물어보고 확인을 받는다. 질문과 대답을 되짚어 물어보기는 빼놓지 않고 하는 대화 방법이며 최선에 가깝게 아이의 말에 귀를 기울이고 있다는 신호다.

생선을 좋아해 엄마가 늘 침조기를 보내주신다. 그러면 한 척이나 되는 그 한 마리를 어느 땐 두 마리를 뚝딱 먹는다. 혹시라도 실수로 가시가 입에 들어가면 오물거리면서 "엄마 가시 가시." 하면서 쌜쭉하게 입을 내밀어 가시를 발라낸다. 입안의 이물감에 엄청 민감한 아이라 무언가 못된 것을 삼키지는 않으니 그것은 참 안심할 만하다.

아침을 제일 잘 먹는데 아침을 먹으면서 맛있으면 미소를 보이며 고개를 까딱이며 나에게 뽀뽀도 해주고 내 머리를 쓰다듬기도 한다. "엄마도!" 하면서 제 수저를 내 입에 넣어주는데 난 참 아기가 주는 밥을 받아먹는 것이 아직도 익숙하지가 않다. 간식을 즐기지 않는 편이라 딱 세끼만 먹거나 요구르트, 어머님께서 만들어주시는 토마토즙을 먹는 정도다.

식사가 끝나면 설거지를 한다. 그동안엔 설거지할 틈이 없이 아이를 돌봐야 했지만 19개월에 가까워지니 혼자 춤을 추거나 장난감을 가지고 노는 사이 후다닥 설거지를 마칠 수 있다.

한바탕 식사 시간이 지나가면 나는 땀범벅이고 아이는 이유식 범벅이다. 같이 목욕을 하면 나는 저에게, 저는 나에게 칫솔질해주기 바쁘다. "엄마도! 엄마 등! 엄마 발! 엄마 배! 엄마 어깨두! 이쪽! 이쪽!"

그렇게 비누를 들고 조잘거리며 내 샤워를 도와준다. 세안 솔을 얼굴에 문질러 주고, 샴푸를 짜는 시늉을 해 내 머리에 발라 주고 머리를 헹궈낼 땐 뒤에 와서 머리를 만져준다. 자그마하고 따뜻한 손길이 나에게 닿을 때마다 나는 사르르 녹는다. 이 여름내 즐겼던, 매일 오늘이 마지막으로 주는 것이라고 다짐했던, 캔디의 아이스크림처럼 나는 아기의 손길에 사르르 한 행복감을 느낀다.

아기의 행동을 모두 기록한다는 건 불가능하지만 나중에 내가 읽어

봤을 때 기억을 되살릴 수 있도록 되도록 그때의 대화까지 기록으로 남기고 싶다.

하루에도 몇 번씩 바람이며 기온이며 구름이며 체감 온도까지 셀 수 없이 변한다. 그 모든 변화가 지구상 많은 이에게 대수 없이 당연하다. 하지만 나 같은 사람도 있겠지. 어느 순간 멍하니 멈춰서 이 모든 것이 신기해서 재미있고 경이롭다고 느끼는 사람도 많이 있겠지. 나는 그것을 알려주고 싶다. 지금 네가 느끼는 이 모든 게 사실은 당연한 것이 아니고 너무나 복잡한 유기체의 선물들이며 기적이라는 것을 알려주고 싶다. 하지만 지금은 동화같이 다정하게.

아주 어릴 때 엄마에게 물풍선을 가만히 뒤도 왜 터지느냐고 물어본 적이 있다. 그때 엄마의 대답이 기억난다.

"엄마가 너의 배를 간지럽히면 네가 하하하 하고 웃지? 그것처럼 풍선 안에 물들이 풍선을 간지럽혀서 웃다가 펑 터지는 거야."

엄마의 대답이 거짓말이란 것을 알았음에도 그 대답이 무척 마음에 들었다. 유치원 때였던 것 같다. 어떤 대화는 사실 유무에 관계없이 오래도록 속에 남는 것들이 있다.

산책을 매일 나가려고 한다. 그 시간에는 꼭 신발은 본인이 결정한다. 한 계절 신기는 아기 신발. 신발 바닥이 닳지도 않을 정도로 가벼운 아기가 살포시 신발을 신는다. 예쁜 신발을 만져보고 신겨 보고 이리저리 재다가 그만 "내년에 사자." 하며 돌아서기 일수라 고작 네 켤레밖에 없지만 그중 제일 좋아하는 운동화만 즐겨 신는다. 다른 것을 신겨 주려면 어지간한 승강이가 필요하다. '나를 닮아 신발을 좋아하는 군'이라고 생각하며 별 유의미한 것 같지도 않은 공통점을 찾아내 속으로 킬킬거린다.

산책을 하며 길 가다 보이는 것들에게 인사를 한다. 바람에 나무가 흔들리면 "캔디가 인사하니 나무가 같이 인사하네?" 하고 모든 것이 캔디를 환영하고 좋아하고 있다고 느낄 수 있게 걸음을 서두르지 않는다. 가는 길에 만나는 모든 것이 신기하고 인사도 해야 하니 내 걸음으로 1분이, 아기와 함께 걸을 땐 10분이 된다. 어디 어디 거창한 곳이 아니더라도 집 바깥 한 발짝부터 신나니, 가는 시간이 아깝지 않게 우리는 손잡고 다정히 같이 걷자 다짐한다. "걷다가 힘들면 또 안아줄게"라며 약속한다. 동네 한 바퀴를 돌며 어제는 보지 못했던 풀 포기, 발길이 걸리는 돌 하나까지 관찰하고 만져보니 단 하나도 같은 것은 없다.

'아가야, 햇빛도 공기도 만끽하며 살길 바라.'

자주 놀러 가는 이웃 댁엔 보고 느낄 수 있는 것이 정말 많다. 다정하게 우리를 맞아주시는 그분들 댁에서 한 시간 정도 시간을 보낸다. 난 아주머니 아저씨와 이야기를 나누고 캔디는 거실이나 마당에서 물놀이를 하거나 돌을 만져보고 간혹 아주머니 아저씨를 따라 텃밭에 열매를 따본다. 양가 부모님이 멀리 계시는데 꼭 우리 엄마 아빠가 가까이 있는 듯 그분들은 늘 따뜻하게 우릴 반겨주셨다. 마음이 찬다. 아이가 얼마나 컸는지 칭찬해주시고 차분하고 흥 많고 말 잘하는 캔디를 보면서 이런 손녀를 보고 싶다고 하니 더 없는 칭찬이다. 늦은 시간까지 혼자 아이를 돌보아야 하는 나를 다독이는 속 깊은 응원의 말씀이기도 하다. 다른 사람 집 안에서 캔디는 물건을 함부로 만지지 않는다. 늘 그것은 실례가 될 수 있는 일이니 먼저 알려주었다. 식당에 가서도 공공장소에서도 길을 건널 때도 이야기해준다.

저녁이 밝고 박명이 길어 낮보다 조금 떨어진 기온을 틈타 밖으로 또 나간다. 놀이터에 언니들이 있다. 놀이터 언니 오빠들이 앞다퉈 캔디를 재미있게 해주기 위해 장난감을 양보하고 놀이 기구를 다정하게 태워준다. 나는 그 아이들에게 고맙다는 인사를 하루도 빼놓지 않았다. 캔디는 아이들이 베푸는 우정에 행복해하고 놀이에 동참하고 흉내를 낸다. 아이 엄마들도 함께 나와 인사를 한다.

본 바는 사회성이 첫걸음이다. 사실 사회성이라고 하는 것은 기관에 다니거나 문화센터 수업을 한다고 길러지는 것 같지 않다. 그 첫걸음이 가정이라는 데 모두 동의하리라 생각한다. 가정에서 받는 대접이 집 밖에서 받는 대접이고 우리 가족이 캔디에게 대하는 태도가 앞으로 캔디가 받아들이는 당연함의 수준이다. 사랑받는 사람은 사랑을 줄 줄 아는 사람이 될 테니 가정 내에서 나의 노심초사가 허튼 일이 되지 않을 것이라고 믿는다.

집안에서의 심부름, 캔디의 역할 등은 아주 작지만 매우 중요하다. 가족 회의나 계획을 할 때면 꼭 셋이 둘러앉아 얘길 한다. 그것이 여의치 않으면 각자의 일을 하며 주고받는 대화에 "캔디 넌 어떻게 생각하니?" 하고 묻는다. 그럼 땡그란 눈을 하며 생각하거나 아니면 제 할 것을 하며 무시하지만 그래도 우리 가족의 결정에 너 역시 큰 역할을 하고 있다는 것을 늘 상기시켜 줄 마음의 준비가 되어 있다. 몇 살인지는 중요하지 않다. 태어나 우리 가족 구성원이 된 순간부터 모든 가족 결정에 캔디의 의견을 녹여줄 생각이다.

늦은 밤 퇴근해 오는 신랑에게 고생했다 사랑한다고 인사하는 것과 그 역시 오늘도 캔디와 지내느라 힘들었지 사랑해 보고 싶었어라고 말해주는 배려가 고스란히 우리 아기에게도 전해지기를 바라며, 샤워 후 아직 채 마르지도 않은 그의 뺨과 입술이 보드라운 아기 볼과 이마에 뽀뽀를 하며 짜증을 내건 말건 사랑을 속삭이고 잘 자라고 해주는 것. 이 손길들은 아이의 자존감이자 힘이 돼 외풍에 우뚝 설 수 있는 사람이 되게 하는 것이 가르침의 목표다. 부드럽고 다정하고 안정된 말투는 아기에게 안심과 애착을 안겨준다.

사랑한다는 말, 따뜻한 밥, 다정한 어감, 지나친 스킨십은 모두 밑거름이 되어 마음 튼튼이가 되도록 준비시키는 것이다. 아이가 틀린 방법으로 놀 때도 기린을 강아지라고 말할 때도 옷을 거꾸로 입을 때도 그냥 지켜본다. 그렇게 실패와 착오를 겪도록 둔다. 배우는 과정이고 우리 아가가 성장하는 과정인데 그 배움을 혼내거나 다그쳐서는 안 된다. 성장은 무안과 질타가 아닌 따뜻한 한마디와 격려로 이루어지기 마련이다.

아이가 예쁜 만큼 고통도 따른다. 혼자 우는 날도 많고 캔디가 울 때면 나도 같이 울어버리는 날도 많다. 육아는 몸의 고통도 크지만 마음의 고통이 더 크다. 왜냐하면 난 부모니까. '한 번뿐인 그 하루를 혹시나 망쳐버리면 어떡하나.' 불안감에 하루도 마음 편한 날이 없다. '애착은, 건강은, 기분은, 오늘은 뭐하고 놀아주지? 오늘 밥은 무얼 주지?' 등등 모든 물음이 눈 뜨자마자 아기의 표정을 살핌과 동시에 밀려온다. 성격 탓일까, 엄마이기 때문일까. 이 폭풍 같은 물음이 내 몸 밖으로 새어 나오지 못하게 나는 항상 웃음으로 중무장한다.

숱한 삶 중에 나도 오늘 하루가 처음인 것을. 한 번 밖에 없는 귀중한 우리의 하루를 망쳐버리지 않게 나는 안간힘을 쓰고 있다. 아이의 인생에서 가장 중요한 36개월을 허투루 쓰지 않도록 매일 쓰다듬고 사랑한다고 말하며 먼저 아이의 입장에서 말하려고 늘 모든 감각을 곤두세운다. 아이를 가지기로 결심했다는 것은 사람 하나를 길러 내기로 작정한 것이니 어찌 편할 수 있을까.

저녁이 되면 체력이 거의 바닥나고 어질러져 있는 집을 그대로 둔다. 그러면 종근이 퇴근하고 와서 집을 치운다. 그가 그렇게 하도록 내버려 둔다. 처음에는 일하고 온 그를 위해 역할을 나누려 했지만 생각해보니 이건 단순한 집안일이 아니라 육아다. 육아는 같이해야 한다. 몇 없지만 어질러진 장난감과 책을 정리하면서 종근은 이렇게 말한다.

"캔디가 집을 예쁘게 꾸며 놨네. 오늘도 신나게 놀았구나!"

나는 반쯤 무너진 웃음을 하고 최대한 힘들었던 척 너무나 고단했던 하루였다고 푸념을 한다. "캔디가 주변에 사랑받는 것, 이렇게 큰 건 다 당신 덕이야"라고 말해주는 칭찬에 눈을 흘기면서도 입은 웃고 있으니.

멋진 노을이 지는 날이나 별이 낮게 반짝이는 날, 지구 조가 보일 만큼 맑은 날엔 꼭 한번 보여준다.

"정말 아름답지? 꼭 우리 캔디 같아. 사랑해!"

"네에. 나도!"

어쩜 이럴까. 성장은 막을 길이 없다. 가는 시간을 막을 재간이 없다. 그래서 '하루 종일 대화하고 내가 하는 행동을 보며 배우는 우리 멋쟁이 캔디가 이렇게 커가고 있구나.' 하며 기억을 더듬으며 이 새벽에 기록을 한다.

각자에게는 여러 모습이 있고 그 모습 중에 가장 마음에 드는 모습을 키워나가면 된다. 사납고 호전적이더라도 그것보다 따뜻한 마음과 진심이 있다면 그 부분을 키워나가면 된다. 수만 번 변하는 것이 사람인데 어떤 모습에 힘을 실어주느냐가 바로 그 사람을 결정할 테니까. 결과보다 과정을, 여러 개의 성과보다 하나의 제대로 됨을 알게 하기 위해 부족하고 모자란 인간인 내가 나보다 더 나은 사람으로 기르기 위해서 매일 애쓴다.

어느 순간이 오면 엄마인 내가 얼마나 부족한 사람인지 알게 될 날이 오겠지. 그때 우리 아기가 나보다 더 나은 사람으로서 나를 감싸주길 기대하며 오늘도 아주 많이 사랑했다고 말할 수 있을 만큼 나는 말했다.

아쉬운 나의 여름 끝 무렵과 누군가는 가장 좋아할 계절인 가을 초입에 걸친 19개월이 지나간다. 저녁 풀벌레 소리가 참 듣기 좋다고 생각했던 어느 날 갑자기 코끝에 가을 냄새가 탁 내려앉았다. 아홉 번째 달, 계절 중 세 번째가 이불 속으로 파고들어왔다. 이 계절이 세상에서 제일 사랑하는 가족과 한시 바삐 사랑하며 살며 재미나게 지내고 싶다. 눈이 쌓이는 날 다 같이 모여 눈사람을 만들기로 한 약속을 마음에 잘 넣어 둔 채 하루하루 채워 갈 것이다.

첫 사랑해

2016.09.16.

"엄마."

"응?"

"샤당해"

"응, 엄마도 사랑해"

"고마워"라는 말은 많이 들어봤지만 "사랑해"는 오늘이 처음이다.

"아가야 나도 사랑해."

아기와 스파게티

2016.10.20.

"엄마 파스타 맛있어."

"토마토 맛있어."

"우와 엄청 많다 파스타."

"엄마두!"

"돌돌 빙글빙글 파스타 빙글빙글 냠냠."

"엄마 고마어 샤당해."

파스타에서 나는 토마토의 단맛보다 우리 아가 입에서 나오는 말들이 더 달콤하고 상쾌하다.

애썼고 애쓴다

2017. 02. 10.

엄마가 되는 시작점은 어디일까. 아기를 낳았다고 엄마가 되는 건 아닌 것 같다. 누구의 엄마라고 불리는 것은 내면에 새로운 세계를 받아들이는 것이다. 《영원히 간직하고 싶은 사랑의 느낌》에서 조은향 작가는 사랑이란 상대방을 위해서 또 다른 세계가 되어주는 숭고한 계기라고 표현했다. '가는 게 있으면 오는 게 있는 것'과 무관한 사랑이다. 그렇지만 결국 엄마를 온전히 사랑하는 어린아이의 마음을 받는 커다란 혜택이 있다는 것을 깨닫는 순간이 아닐까 짐작해본다.

이세를 계획하고 낳기까지 총 4년이 걸렸다. 해야 할 것과 하지 말아야 할 것을 정리해나갔고 간결하게 육아의 방향을 정했다. 하루하루 달라지고 성장하는 아기를 보며 묘한 성취감을 느꼈고 오늘도 잘 보냈구나 싶었다. 온갖 예쁜 감정과 아름다운 것들을 보며 내 딸을 생각했고 봄 결 같은 미소에 마음을 사로잡혔다. 엄마로서 인생이 피는 순간 나의 향기는 아기에게 전해져 내 아기의 유년을 포근하게 하는 엄마 냄새로 정해졌다. 엄마 냄새는 경험의 느낌과 뒤섞여 내 아이 깊숙이 자리잡고 있다.

하지만 나를 살피고 나를 먹이고 나를 응원하고 나를 재우는 일도 중요한 데 엄마 역할이 아닌 자신을 돌보는 삶을 띄엄띄엄 살았다는 사실을 '캔디는 잘 자라고 있으니까'란 생각으로 덮어두진 않았나 싶다. 아이에게 따뜻한 밥을 해주는 일이나 보드라운 거품을 만들어 목욕을 시키는 일은 절대 빼둘 수 없는 것이니 다른 일을 줄이자면 내 끼니를 포장된 샐러드 따위로 대충 넘기는 것이 가장 낫다. 그럼 식사를 만드는 일도 차려 먹는 일도 설거지를 하는 일도 줄어든다. 기분이나 말을 살피는 것 또한 체력 소모가 상당하다. 어떤 표정으로 말을 하는지 살피는 것이 제일 중요한 일이 되었다.

내 마음대로 쓸 수 없는 하루하루의 쌓임과 더불어 육아로 내 감정을 무시했던 대가로 많은 골을 겪어야 했다. 아이가 무사히 크는 기쁨에 마음에 빛이 들어왔지만 매서운 바람도 함께 들어왔다. 슬프기도 했고 초초했고 불안한 감정이 온종일 지속할 때는 외면해야 할지 끌어안아야 할지 어찌할 바를 몰랐다. 많은 전문가는 그저 넘쳐 흘러갈 수 있게 두라고 한다. 혼란한 감정 역시 자연스러운 것이니 그것을 외면하지 말고 불편하더라도 충분히 느끼고 흘러가게 두는 연습이 필요한 것이다.

"언제 끝날지 모르겠지만 일단 밥을 제대로 먹고 쪽잠이라도 들어라. 아이 보는 앞에서 울지 말고 어른 보는 데서 울어라. 괜찮다고 말하지 마라. 괜찮아질 거라며 지금을 외면하지 말아라. 이미 좋은 사람이니 죄책감에 사로잡히지 말고 밥 한술 제대로 먹어라"라며 가만히 나를 다독여줄 수 있기를. 묻고 또 물어서 나에 대해서 잘 아는 내가 되어야만 한다. 휘몰아치는 감정을 겪어보니 내 아이에게도 어려서부터 가르칠 일이다.

부모로서의 인생은 생각보다 더 무겁고 신중하다. 24시간 붙어 있는 아이에게 최고의 시간을 주려면 내가 건강하고 쾌활해야 하는 게 답인 것은 알고 있다. 출산을 하고 짧은 몇 년 간의 삶이 아름다웠던 것은 사실이지만 그 못지않게 발버둥치고 있었음을 인식하지 못했다는 것에 자신에게 미안하다. 아직도 마음에 무언가를 놓지 못하고 늘 아쉽고 애처롭기도 하지만 조금씩 받아들이는 연습을 하고 있다.

감정이란 참 애매해서 그 경계가 뚜렷하지 않다. 정말로 마음은 동양철학에서 말하는 우주와 같아서 무언가 알 수 없는 것들로 작동되는 것 같다. 이것 또한 하나의 파도일 것이며 파도는 층층이 깊지만 머무르지 않는다는 섭리를 기억할 것이다. 어려운 감정이 지나가는 시간이 오래 걸린다 하더라도 그 시간의 끝에 사랑하는 가족과 친구들이 늘 있다. 누군가의 손을 잡아주고 나도 도움의 손길을 내밀 용기는 중요함의 앞 순위를 다툰다.

이제 봄이 시간의 문턱을 지났으니 아까시나무 향기가 창을 타고 넘어올 날을 기다린다. 그 향긋하고 몽롱한 향기가 짧게 왔다가 가면 내가 기다리는 햇빛 눈부신 여름이 온다. 빅토리아 폭포처럼 쏟아지는 햇빛, 검푸른 바다와 숲. 에너지 그 자체다. 여름이 나에게도 나눠줄 에너지가 그득그득한 듯 보인다.

어른이 된 캔디가 가질 어렴풋한 어린 시절, 상상인지 무엇인지 모를 그 기억을 위해 나는 여전히 애를 쓰고 바둥거린다. 힘들었던 흐린 가을과 앙상한 겨울의 시간 속에서 이렇게 노력했던 젊은 날의 내가 있었다.

안아

2017. 03. 10.

뜬금없이 안아달라고 계단에서 울음을 터뜨린 캔디를 그냥 울게 내 버려둔 것이 지금에서야 마음에 걸린다. 나중에 울지 말라고 엄하게 말 하니 "네에, 엄마 미안해요." 하면서 운다. 그럼 난 이 밤에 잠든 캔디 볼 을 여러 번 쓰다듬고 또 여러 번 껴안고 입을 맞추곤 스스로 자책하며 먹먹해진다. 내 손길이 닿으면 뒤척이며 날 감싸 안는 여린 아이가 그 런 날엔 더 마음이 쓰인다.

어디든 가족이 있는 곳이 캔디의 집이야

2017. 03. 15.

    부산 본가에 오래 머무는 날이면 캔디는 이따금 집으로 돌아가고 싶다고 했다. 그런 날에는 품에 가만히 안고 토닥이면서 "여긴 캔디의 집이야. 어디든 캔디를 사랑하는 가족이 있는 곳이 캔디의 집이야"라고 말해준다.

사 랑 은 순 간 을 산 다

2017.04.16.

아기를 낳았을 때 이렇게 사랑할 거라고 생각하지 못했다. 잠든 아기 볼을 매만지며 사랑을 속삭여주는 게 당연한 일이 되었다. 아기의 볼에 특별한 힘이 있나? 자꾸만 손과 입술이 붙는다. 처음 집에 왔을 때 킁킁 소리를 내며 잠든 아기가 숨을 쉬고 있는지, 밤새 한 숨도 못 자고 우리 침대와 아기 침대 사이를 까치발로 서성이던 날들이 그 순간들이 쌓였다. 사랑은 순간을 산다. 내일이 있다는 것을 알지만 내일에 대해 알지 못하고 과거는 회상만 할 뿐이다. 현재만이 사랑을 줄 수 있는 알맞은 시간이다.

아기를 안아주는 것도 서툴렀지만 지금은 한 팔로 캔디를 안아 들고 한 팔로 요리를 한다. 결혼 6년 차의 내 나이는 어느덧 신랑과 처음

연애할 때의 신랑 나이가 되었고 우리 사이엔 요 귀여운 딸이 늘 함께 있다.

두 돌이 지나고부터는 종알거릴 때마다 나오는 봄바람 같은 날숨은 예쁜 표현으로 가득했다. 종근과 나, 캔디가 셋이 같이 누워 있거나 셋이 같이 식사를 할 때 캔디는 꼭 말한다.

"우리 셋이 같이 있으니까 정말 좋아. 우리 셋이 맘마를 먹으니까 정말 좋아, 정말 맛있어."

"우리 셋이 같이 자니까 너무 좋아."

이 아이의 마음에 우리란 벌써 우리 가족인 것 같아 뿌듯하다.

26개월의 아기 일상은 한 편의 뮤지컬 같다. 혼자 춤추고 노래를 하는데 아는 동요에 원하는 가사를 붙인다. 무언가를 부탁하거나 사러 가자고 할 때 특히 한 편의 뮤지컬을 보는 기분이다. 작고 보드랍고 말랑한 작은 손을 내게 뻗으며 부탁을 하면 나는 곧잘 무너진다. 달디단 아이스크림도, 주기 싫던 커피 속 카페인 묻은 얼음도 그만 입속에 넣어주고야 만다.

아기를 키우는 최고의 원동력은 책임감이 아니라 기쁨인 것 같다는 생각이 들었다. 몸이 아플 때도 기분이 우울할 때도 나는 아기를 돌보았지만 봄이 오고 햇살이 밝아진 요즘 같은 기분은 아니었다. 꾸역꾸역 울음을 삼킨 날들이 많았고 그렇지만 부모이기에 아기에게 들키지 않으려 하루를 살았던 몇 달이 지났다. 그때의 그것은 나의 책임감이었고 어떻게든 나를 접어두고자 억지 노력을 했다.

　창밖만 봐도 아름다운 기분이 마음을 가득채 울 때 기쁨의 에너지는 육아에 긍정적인 효과를 낸다. 조금 더 예쁘게, 조금 더 소중하게 내뱉 게 되는 말들은 캔디를 많이 성장시켰다. 하루가 다르게 커가는 아기의 기운도 있지만 엄마가 주는 기쁨의 에너지는 작은 아기의 마음을 더욱 깊어지게 하는 듯하다. 한 날은 단호박 수프를 먹는데 수저에 가득 찬 '노오란' 수프를 보더니 "엄마 바나나 수프가 꼭 달 같아. 나한테 뭔지 물어봐줄래?"라고 물었다. 나는 당연히 함박웃음을 보이며 "정말이구나, 정말 노오란 달 같네!"라고 응답해주었다.

　돌담 길을 걸을 땐 괴물의 입속 같다고 했다. 집 근처에 서원이 있어 걸어갈 때마다 그런 소릴 했는데 며칠 전에는 부여 부소산성에서 돌 계단을 보고 괴물의 이빨 같다고 했을 때 아기의 상상력에 칭찬이 쏟아져 나왔다. 잔디밭을 뛰며 구연동화를 하고 "엄마 아빠 다 같이 뛰자!"라고 하는 캔디의 가장 좋은 친구는 역시나 아직 우리인가보다. 부모와 꼭 닮은 얼굴을 한 아기들을 볼 때면 '타인이 우릴 볼 때도 무척 닮았다고 생각하겠지.' 하며 또 웃음이 난다.

　어느샌가 우리 가족은 모두 내가 캔디에게 하는 말을 꼭 같이 하고 있다.

"할머니는 캔디를 정말 사랑해, 할아버지도 캔디를 정말 사랑해, 삼촌 조카로 와줘서 정말 고마워 캔디야 사랑해."

캔디라는 다음 세대가 태어나지 않았다면 간지러운 말을 하지 않던 우리 가족이 이런 보들한 말을 꺼낼 수 있을까? 나는 안다. 이 말이 꼭 우리 아기에게 하는 말만이 아닌 것을. 사실은 서로에게 이렇게 사랑한다는 표현을 더 작은 존재에게 해주고 있다는 것을.

엄마는 나를 너무 사랑해서 이다음에 자식을 낳으면 당신이 딸에게 준 사랑보다 더 크게 줘야 한다고 말씀하시곤 했다. '난 절대 우리 엄마처럼 못 할거야'라고 생각하곤 했지만 이제 난 '우리 엄마보다 더 좋은 엄마가 될 거야'라고 청출어람을 생각하기로 했다.

엄마는 새벽 5시면 매일 일어나 따뜻한 밥을 한다. 내 평생 마른반찬이란 것을 먹어 본 적 없이 항상 막 지은 따뜻한 밥과 국, 그때그때 만든 다섯 식구를 위한 반찬이 밥상에 올랐다. 우리 남매를 학교에 데려다주고 엄마는 씻고 회사로 향했다. 그 부지런함이 단 한 번도 싫은 적이 없었다고 하신다. 나로서는 따라하기 힘든 부지런함이다. 그럼에도 나는 엄마를 보고 배워 '엄마보다 더 좋은 사람이 될게.' 하고 다짐한다.

감정이라는 것은 파도와 같아서 밀려왔다 가기를 반복한다. 밀려오는 파도 속 형형색색의 모래 알갱이처럼 어떤 아름다운 것들을 가져다줄지 모르는 일이다. 엄마가 안 되었다면 모를 감정이 버겁고 힘들지만 인생의 유산인 이 아이를 위해 기도하는 일은 무엇보다 중요하다. 늘 축복하고 사랑하고 또 걱정한다. 언젠가는 우리 손이 필요 없는 순간이 분명히 올 텐데 그 첫걸음이 경쾌하고 신나길 바란다. 우리의 이런 마음이 어린 캔디에게 자만이 아닌 자신감으로 차곡차곡 쌓이길. 생명 가득한 삶이길. 이 글을 쓰며 오늘 밤도 모든 아기들이 평안하길 바란다.

간 지 러 운   봄
2017.05.03.

아기들은 새싹이고 작은 꽃이니 매년 오는 간지러운 봄이 좋나 보다. 찬 계절 묻혀 있던 자그마한 생명들은 햇살이 온기를 내릴 때 터져나오고 기다렸던 그 시간들은 보드랍고 향긋하니 봄바람을 맞는 캔디는 자꾸만 "바람이 향긋하네. 꽃 냄새 같아."라고 한다.

한 날은 돌 틈새에 자란 민들레를 보고서는 "바람이 불어서 꽃이 피는 거예요"라고 했다. 바람이 불어서 꽃이 피는 거라니 아이의 호기심이 내린 결론이다. 생각지도 못한 표현에 입에서 나오는 꾸밈없는 말 모두 캔디가 짓는 순수한 동시 같다. 그저 길가 생명들을 진실하게 느끼는 마음, 어여쁨을 표현하는 솔직한 방식이다.

어감도 귀여운 '봄'은 내 마음도 설레게 해 우리 동네 산고양이 방울이를 한껏 안았을 때처럼 간지럽고 따스하다. 사람들은 간지러운 듯 설렐 때 '마음에 나비가 있는 것 같다'라는 표현을 많이 쓴다. 겨우내 가슴에 가만히 웅크리고 있던 나비 떼가 봄바람에 팔랑거릴 준비를 하나 보다.

집 앞에는 신록을 넘어 초여름의 푸름이 벌써 이만큼 왔고 향기롭던 라일락은 꽃이 지고 더욱 푸른색으로 바뀌었다. 이제 곧 온 동네에 필 장미 향이 집을 채울 테지만 봄의 향기로운 특권을 못 누릴 것 같은 작은 불안감이 있다. 바람이 어서 바뀌어주면 좋겠지만 그 말은 곧 북태평양에서 에너지 가득한 큰 바람이 부는 것이고, 짧은 봄이 더 짧아지길 바라는 모양새이니 서운하다.

하지 때까지 앞으로 낮을 1분씩 더 즐길 수 있다. 저녁에 잠깐 집 밖에 나갔는데 7시가 넘었는데도 하늘은 남은 태양의 기운으로 환했다. 이윽고 반달이 더 빛나고 일등성이 확연히 보일 때 초저녁인 듯 아닌 듯한 기분 좋은 착각을 주었다. 캔디는 달과 별이 자길 따라온다고 했고 고운 손으로 그 어린 것이 이미 아는 목성을 따다가 내 입에 넣어주었다. 오늘따라 엄마 아빠가 모두 집에 있으니 아침부터 무척 신난 캔디는 낮잠을 건너뛰고서는 일찍 자라고 눕힌 우리에게 아마도 서운하고 서러운 봄날의 저녁이었을 것이다.

아이의 마음을 달래는 방법

2017.05.08.

주말 오후 잠깐이라도 맑을 때 밖에서 뛰어놀게 해야겠다는 생각으로 아이를 데리고 나갔다. 부소산성은 아이들이 뛰어놀기 좋은 곳이라 마음을 놓았나 보다. 내가 짐을 내려 놓는 사이 멀리 뛰어간 캔디는 잔디밭 사이에 난 거친 길에서 넘어졌고 관성으로 얼굴을 바닥에 그대로 찧었다. 얼마나 놀랐던지 카메라고 가방이고 그 자리에서 다 내던지고 종근과 나는 질주해 캔디에게로 갔다. 얼굴을 긁혀서 피가 났고 왼쪽 얼굴에 넓은 부위로 상처가 났다. 억장이 무너지고 내가 대신 다칠 걸 모든 게 내 탓인 것같이 괴로웠다. 응급실에 갈 정도는 아니라고 생각했는데 갈걸 하는 후회도 조금 있었다.

　늦은 오후 시간이라 일단 집으로 왔고 깨끗한 물로 상처를 씻어내고 약을 발랐다. 약이 묻은 밴드를 붙이자 캔디는 손을 마구 파닥이며 내 속이 미칠 듯이 울어 댔고 결국 연고밖에 발라주지 못했다.

다음 날 재생 테이프를 사다가 발랐고 월요일이 돼서야 피부과에 갔다. 치료를 잘하면 괜찮아질 거라는 의사의 말에 안도했지만 처치실에서 또 한번 아기는 겁을 먹고는 내 품에서 젖 먹던 힘을 다해 떨어지지 않으려 했다.

"치료는 아플 수도 있지만 금방 끝날 거야. 이 과정이 없으면 얼굴에 흉이 질 수도 있어. 엄마는 달래주는 것밖에 못하지만 의사 선생님은 상처를 낫게 도와주실거야. 겁은 나겠지만 정말로 금방 끝날 거야. 엄마가 계속 옆에 있을게."

내 상의가 거의 벗겨질 듯 나를 잡고 늘어지는 아기를 내려놓고 한없이 안정된 목소리로 이 상황을 받아들일 수 있도록 사실만 이야기해주었다.

치료가 끝나고 약을 타러 가서 지하 주차장에 갈 때까지 캔디는 눈을 꼭 감고서 파리하게 떨며 눈을 뜨지 않았다. 지쳐서 작은 숨소리를 내며 내 품에서 힘을 주고 그저 안아달라고만 했다. 많이 무서웠고 그 순간 용기라는 것을 가질 수 없었나 보다.

"많이 무서웠지, 많이 아팠니?"

그 순간의 아이의 감정을 헤아려보려 28개월의 아기가 알아들을 만한 쉬운 말로 감정을 내가 공유하고 있노라 알려주었다. 집에 와서는 별 탈 없이 잘 지냈고 약도 잘 먹었다. 병원을 간 것과 최악의 공기 오염을 제외하면 그 어느 것도 나쁘지 않은 하루였을 것이다.

잘 시간이 되었고 내일의 일정을 말해주었다. 내일도, 웬만큼 나을 때까지는 병원에 가서 치료를 받아야 한다고. 그랬더니 다시 공포에 휩싸인 듯한 반응을 보였다. 나에게 얼굴을 묻고는 가지 않아도 되고 초콜릿도 안 먹어도 되고 엄마가 병원에 다녀올 동안 집에서 기다리고 있겠다고 했다.

그래서 작은 이야기를 만들어냈다. 동물 친구들이 즐겁게 놀다가 한 친구가 다치는 상황이 펼쳐졌고 이후 병원에 가서 치료받기 무서워하는 다친 친구를 위해 다른 친구가 용기를 주며 함께 응원해주는 이야기였다. 끝내 병원 치료는 생각보다 빨리 끝났고 아프지도 않았다는 이야기로 마무리지었다. 이 이야기의 진짜 주제는 무섭지만 치료를 해낸 용기에 관한 것이다. 듣는 내내 캔디는 추임새로 "병원에 갈 수 있어요. 병원에 가도 괜찮아요"라고 자신의 다짐을 말했다. 무서워했던 마음은 용기로 바뀌었고 편안하게 평소처럼 잠들 수 있는 밤이었다.

"많이 무서웠겠구나 아팠어? 엄마도 같이 아파했어"라고 다독였고 집에 있는 온 동물 인형 친구들에게 복화술로 캔디에게 괜찮냐는 안부 인형극을 했다. 많이 혼이 났을 때도 많이 실망했을 때도 많이 무서울 때도 나는 인형극을 한다. 또 이야기를 만든다. 그리고 엄마도 너의 마음을 공감한다는 것을 계속 알려준다. 대신 이 모든 건 어느 정도 큰 캔디가 울음을 스스로 멈추고 기분이 조금 나아졌다고 판단될 때, 울고 있는 시점이나 마음이 여전히 깜깜한 중이라면 혼자 진정할 시간을 좀 주는 게 좋은 것 같다. 이제는 혼자 진정할 수 있는 개월 수이니 앞으로 몇 년은 이런 방법으로 아이의 마음을 만져주어야겠다. 내 속이 쓰려 혼났다.

느낌들

2017.06.08.

아기보다 동물이 더 귀여웠고, 어린 조카 아이를 어떻게 안아야 하는 지도 몰라서 쩔쩔맸던 나는 엄마가 되어간다. 성능 좋은 밥솥으로 어머 님께서 보내주신 햅쌀 밥을 하면 그 밥이 무조건 맛있을 텐데도 꼭 가 운데 밥을 푼다. 그렇게 푼 밥은 캔디의 밥그릇으로 간다. 조금이라도 더 맛있고 몰랑하지 않을까 해서. 내가 질색하고 싫어하던 못난 반찬 먹기도 캔디와 둘이 먹을 땐 밉게 생긴 건 다 내 차지다. 물질의 풍요 속에 살고 있는 내 세대도 엄마가 되면 그렇게 변할 수 있는 것이 애잔 하다.

이름 있는 옷을 사 입히는 엄마도 큰 아이들 옷을 얻어 입히는 엄마 도 저마다의 마음속엔 그림 같은 집을 짓고 그 속에 가장 편하고 깨끗한 방에 자식들을 둘 것 같다. 세상 모든 것이 예뻐 보이게 하는, 세상 모든 예쁜 것을 보면 그 애가 생각난다. 꼴랑 자식 하나 돌보면서도 나름대로 너덜해졌고 그래도 캔디 눈에 늘 예쁜 엄마이고 싶은 마음은 세월이 많이 가도 그대로일 테지.

안아줄 때마다 아기의 볼에 뽀뽀를 마구 하면 그 느낌이 갓 나온 초여름 자두에 입술이 닿는 것 같다. 탱글하고 볼록 솟은 볼은 매끈하고 보드라워 신록이 진 녹색이 되는 걸 아까워해 매일 아침 얼마나 짙어졌을까 창으로 잎사귀를 내다 보는 마음처럼 아기가 자라는 시간이 아쉽다.

크는 것은 막을 수 없는 일임에도 천천히 크라고 속으로 되며 오묘한 기분이 얼굴에 나타나 내가 너에게 어떤 표정으로 보일지 모를 표정으로 지긋이 보기도 한다.

옷가지가 얇아지는 계절이 다가오면 참 좋다. 어찌 되었건 가볍고 나풀리는 옷은 몸의 움직임을 진실하게 나타낸다. 조금 더 녹음이 짙어지는 계절에 가까워지면 한낮에 찬 음료가 더 자연스럽고 아이에게 건네는 아이스크림에 서린 걱정도 조금 덜다. 저녁이 되면 시원한 밤공기가 상쾌하게 해주니, 봄과 여름 사이의 이 시간이 무척이나 귀하다.

넌 왜 엄마 아빠 딸이 된 거야?

2017.06.12.

29개월 된 아기에게 대답하기 곤란한 질문을 한다.

우리가 "엄마가 좋아? 아빠가 좋아?"라고 물으면 캔디는 "난 엄마랑 아빠랑 캔디랑 우리 가족이 좋아"라고 대답한다.

오늘은 왜 엄마 아빠 딸로 태어났는지 물었다.

"응, 난 엄마 아빠가 좋아서 따라온 거야. 엄마 아빠가 좋아서 딸로 태어난 거야"라고 말했다.

형용할 수 없는 벅참, 캔디는 우리에게 축복 그 자체다.

여름에 예쁘다

2017.07.06.

나는 여름에 예쁘다. 한 해의 시작에서 거울을 볼 때면 그 계절처럼 차갑고 푸석하다. 그 계절은 맑으나 나는 그렇지 못했다. 해가 차고 낮이 길어지고 초록이 무성해질 때는 공기도 축축하고 바람엔 온갖 싱그러운 향이 실려온다. 온몸으로 받아들이는 그 향내는 꽃 내음과는 달라도 숲 전체의 향이다. 그래서 나는 여름에 예쁘다. 내 마음은 그때 밝고 생기가 있다. 마음은 표정이 되어서 한껏 밝고 편안하다. 오늘 캔디에게 사랑이 무엇인 것 같으냐고 물었다.

"사랑은 응, 그건 가장 좋은 거야. 가장."

그 말에 나는 또 예뻐졌다. 가장 좋아하는 과일은? 가장 좋아하는 색은? 물을 때마다 바뀌지만 누구를 세상에서 가장 사랑하느냐는 물음엔 언제나 "엄마랑 아빠랑 캔디랑"이라고 말한다. 변함이 없다.

사랑하면 예뻐진다. 캔디는 항상 나에게 꽃 냄새가 난다고 했다. 가끔씩 두더지 냄새가 난다고도 했다. 캔디는 나에게 계속 "엄마 예쁘다"라고 말한다. 나는 아이의 그런 말에 웃음이 난다. 예쁘다니까.

여름 같은 여름

2017. 07. 26.

다들 아마도 오늘을 진짜 7월의 여름날 같다고 느꼈을 것 같다. 풋풋한 흙내 섞인 깨끗한 공기, 뜨겁고 맑은 햇빛. 연한 쪽빛의 하늘. 그 쪽빛만으로 구름 한 조각 없이도 꽉 찬, 완성된 듯한 기운을 받는다.

그러고선 땅 한 번 보고 주변을 한 번 보고 난 뒤 올려다 본 하늘에 눈 깜짝 할 새 생긴 적운을 보며 아마 다들 어릴 적 참매미 울던 여름 기억 조각 하나 꺼내 맛있고 시원하게 먹었을 것 같다.

캔디도 등에 송알송알 땀이 맺혀 옷이 젖었지만 내 손을 잡고 자주 걷는 동네 길을 한 바퀴 사뿐히 걸었다. 민소매를 입었더니, 저녁에 보니 아기의 팔과 목덜미가 제법 까맣게 탔다. 낮 빛이 그대로 서렸다.

8월의 광안리 해수욕장

2017. 08. 05.

쨍한 8월의 광안리해수욕장은 피서객들로 붐빌 것 같지만 그렇지 않다. 타지에서 오는 이들은 송정이나 해운대 쪽으로 발길을 주기 때문이다. 나도 어릴 때 이 바다에서 놀았고 그땐 이 모습이 아니었다. 광안대교가 세워진다는 소식, 완공되었을 때 등등 빠르게 간 시간만큼 빠르게 변한 주변 풍경이 벌써 기억이 나지 않는다. '우리 아기가 이리 어렸을 땐 광안리가 이런 모습이었구나.' 하고 신기해할 시간이 오겠지.

모래가 곱고 햇볕이 뜨거우니 아기의 발걸음으로 백사장을 딛기에는 아무래도 힘들었는지 봄의 광안리만큼 즐기지는 못했다. 쉴 곳 없는 땡볕은 어린아이들을 쉬 지치게 하니 올 휴가를 바다로 가야겠다 생각이 접히는 순간이지만 쨍한 빛과 파란 바다는 사진 속에서 예쁘기만 하다.

오늘따라 파란 드레스를 입혔고 마트에서 9900원에 산 모자가 잘 어울리니 뜨거웠던 낮이 아름답게만 남아 있다.

아빠의 한 팔에 안겨 파도를 보는 캔디가 더 이상 한 팔에 안겨 있지 않을 때 다시 우리 부부는 딸아이보다 서로를 더 많이 보겠지만 자식 사랑의 깊이만은 지금보다 깊어질 것이라는 것은 분명하다.

성지곡 수원지

2017.08.06.

집에서 가까운 성지곡 수원지는 아주 어릴 적부터 지금까지 가족의 발자취가 묻어 있는 곳이다. 맑으면 맑은 대로 상쾌하고 비가 오기 전후에는 숲 냄새가 짙어 참으로 좋다.

내가 어릴 때는 어린이대공원이 있어서 놀이기구를 타러 동생과 부모님과 자주 왔었다. 청룡열차는 늘 맨 앞에서 용맹하게 탔으면서 알라딘이라는 이름의 놀이기구는 무서워서 울기도 했다. 중·고등학생 때도 사생대회며 소풍이며 많이도 왔다. "또 소풍 장소가 성지곡 수원지냐"며 불만을 토하기도 했던 곳이다.

아장아장 걸을 때부터 시작된 오랜 내 발걸음이 이 얕은 산을 꼭꼭 다져 캔디가 걷기 더 수월했을까? 곁에 오래도록 있어 준 이곳을 딸아이와 걸으며 기억나지 않는 추억들을 다시 끄집어낸다. "엄마도 엄마 아빠랑 이렇게 자주 왔었어." 지금 내 나이보다 어렸을 그때의 우리 부모님과 어린 나를 너를 통해 잠시나마 상상해본다.

그때 그 시간들의 장면, 나무와 흙의 미생물 냄새, 바람에 스치는 나뭇가지들의 소리, 주워 모았던 도토리의 감촉을 딸이 자라면서 고스란히 느꼈으면 하는 바람이 있다.

사랑을 솔솔솔

2017.08.09.

밥 먹을 때마다 잊지 않고 캔디를 보는 앞에서 내 가슴 속에 있는 '사랑 가루'를 꺼낸다. 그러고는 "사랑을 솔솔솔." 하며 마지막 양념을 치듯 아이 밥에 손으로 마법 가루를 뿌리는 시늉을 한다. 캔디는 이제 커서 본인 밥과 내 밥에 사랑 양념을 뿌린다.

내가 하도 그러니 우리 부모님도 캔디 밥에 "사랑을 솔솔솔." 하신다. 가슴 속에서 오래되고 귀한 사랑 양념을, 직접 꺼내는 시늉을 하며 뿌려 주신다.

아기를 기른다 심심하게

2017.08.10.

아기를 기른다는 것이 무엇인가 한번씩 생각해본다. 적어도 20년이 걸리는 육아의 근본 목표는 건강하고 행복한 삶이다. 아이를 자연 속에 크게 두는 것은 온갖 것을 재미나게 여길 줄 알았으면 하는 의미가 담겨 있다. 밤하늘의 별이 얼마나 무수한지 그것들이 어떻게 빛을 내는지 또 공기는 왜 있는 건지 주변에 돌은 왜 다 모양이 다른지 그런 것을 귀하고 재미있게 느끼는 아이로, 더 커서는 수동적이고 화려한 놀거리보다 혼자서도 주변을 탐색하고 즐길거리를 찾아 재미있게 놀 수 있는 사람으로 기르는 것이 목표다.

아이의 호기심은 우리보다 순수하고 방대하다. 그 순수함이 민들레 홀씨만큼이나 가벼워 어디서든 궁금해하고 어디서든 흩어져버린다. 그

97

러나 정말로 민들레홀씨처럼 어느 틈에서 새로운 결실의 싹을 틔울지 모를 일이다.

가끔 심심하다고 말하는 아이에게 원래 인생은 심심한 것이니 네가 재미있는 것을 찾아낼 수 있어야 한다고 말해주곤 한다.

"작은 우리 동네는 봄에는 어떤 꽃이 피는지 알지? 입구부터 줄지어 피는 새빨간 장미들, 안쪽으로 들어올수록 줄지어 심어놓은 조팝나무, 거긴 무당벌레들의 놀이터잖아. 우리만 아는 장소로 가면 은방울꽃 군집도 볼 수 있어. 매일 얼마나 컸을까 관찰할 수 있지. 창을 열면 보이면 작은 산은 온통 물오른 연둣빛이고 새들도 얼마나 다양한지. 삼질 날마다 항상 제 둥지를 찾아오는 제비도 있고. 여름엔 커다랗고 오래된 상수리나무와 미루나무의 시원한 그늘과 가을엔 거기서 떨어지는 도토리 그리고 땅에서 올라온 수많은 종류의 버섯, 눈이 많이 오면 눈썰매를 탈 만한 산 입구. 엄마는 너에게 사계절을 흠뻑 즐기게 해주는 우리 동네가 정말 좋아."

나의 심심한 육아는 어디에 있든 행복을 영위해나갈 수 있고 스스로 더 큰 목표를 만들어갈 수 있기를 바라는 것이다.

살펴보면 모두가 독특하다. 자연 만물 같은 모양새가 하나도 없다. 오직 하나다. 그러니 더욱 스스로 사랑하고 귀하게 여기는 사람이 되기를. 오늘 밤엔 왜 달이 안 보이냐는 아기의 물음에 해줄 말이 많아 행복하다.

푸른 밤이 가는 시간

올해는 서늘함이 이르게 오려나 보다. 오늘은 자고 있는 아기의 콧등에 송골한 작은 땀방울이 없고 때마침 소나기에 열린 창으로 들어오는 숲 냄새에 시원함이 가득하다. 민소매를 입은 팔이 차갑게 식었고 얇은 이불을 끌어 덮고 싶은 기분 좋은 기온이다. 여름밤만의 푸르뎅뎅한 밤하늘 색이 점점 남보라 색에 가까워져 이 여름이 끝날 것만 같아 마음이 조급하다. 쨍한 빛과 한낮의 더위는 모두를 힘들게 하지만 강한 빛만큼 밝은 마음도 넘칠 거란 생각이었기에 여름이 가고 있는 이 시점이 좋기도 싫기도 하다. 한낮은 덥고 밤이 시원 쌀쌀했던 5월의 밤과 숫자는 비슷해도 그 느낌은 전혀 다르니 역시 시간은 정직하게 입추를 지나 더위에 지친 사람들을 숨통을 틔워주는 것이 30년째 신기하다.

캔디와 무화과

2017.08.19.

끝 여름의 신선한 무화과 몇 개쯤은 캔디에게 아무것도 아니다. 순식간에 다섯 개를 쭉쭉 먹고는 "엄마 무화 더 있어? 우리 냉장고에 무화 많지? 무화 있던데!" 이렇게 말하고는 좋을 때 호탕한 웃음을 꼭 들려준다. 기대에 차고 행복이 간지럽힐 때 웃는 털털하고 시원한 맛의 웃음이다. 이 웃음에는 가끔 '꼬소한' 맛이 나기도 한다. 나는 어릴 때 무화가가 예쁜지도 맛있는지도 몰랐다. 몸이 어른이 되고서야 꽃인지 열매인지, 이 묘한 과일이 기분과 몸에, 맛에 이롭다는 걸 알았다. 신선한 무화과가 나오기 시작했으니 부지런히 사다 먹일 생각에 마음이 푸지다.

그리고 무화과를 무화라고 하는데 나름대로 정확하게 말하는 것이 귀여워서 정정해줘야 하나 말아야 하나 고민된다.

포도 속의 여름

2017.08.22.

"엄마 일어나요! 아침이 밝았잖아요, 이제 눈 떠요. 일어나요! 아빠는 회사 갔어요?"

하… 더 자고 싶은데 아기가 나를 깨운다. 시계를 보니 8시가 조금 넘었다. 전날 낮잠을 자지 않아 저녁 8시 전에 잠이든 캔디는 열두 시간 후 아침이 너무 반가웠다.

"아침이 빨리 왔으면 좋겠다. 해가 눈에 비치면 빨리 일어나세요, 엄마!"라고 마지막 주문을 하고 잠들었기 때문일까.

출근을 할 때는 매일 6시에 일어났는데 나는 원래 아침잠이 많아 아이가 31개월만큼 큰 후에는 늦잠을 같이 잘 수 있어서 좋았다. 그럴 시간이 내 인생에서 주어졌다. 일어나자마자 창으로 날씨를 보니 세상에 내가 가장 좋아하는 청아한 여름날이다. 두 고기압 사이에 낀 저기압이 일주일 넘게 비를 뿌려 대는 바람에 오랜만에 찾아온 맑은 날의 공기는 몸으로 느끼기에도 깨끗했다.

아침을 먹고 바깥으로 나가는 준비를 하는데 오늘은 반드시 나를 이길 기세로 꼭 털 부츠를 신겠다고 했다. 하늘하늘 분홍 원피스에 분홍색 털 부츠를 신고 나갔다. 캐릭터 초콜릿을 사러 가는 길은 아이에게 제법 먼 길인데도 일단 목적이 있으니 별 말 없이 즐거운 발걸음으로 간다. 초콜릿을 산 후 도저히 다시 집까지 가기엔 땀이 샘처럼 솟아 또 커피숀(발음이 안 되는 바람에 커피숍이 커피숀이 되었다)에 갔다.

오늘은 안 사 줘야지 다짐했던 과채 주스를 아이는 그냥 지나칠 리 없었고 단숨에 먹어버려 아쉬워했지만 하나 더 사달란 말은 없었다. 커피를 몽땅 다 마시고도 계속 커피숀에 있고 싶어했지만 100분 한정된 육아종합센터놀이방을 즐기러 가기 전에 점심도 먹어야 했고 이대로 계속 걸리다간 맑디맑은 정오에 캔디의 정수리와 목덜미가 남아나질 않을 것 같아서 집으로 향했다. 하지만 역시나 가는 길에 놀이터에 들러서 뜨거워 죽겠는데도 땡볕에 놀다가 산책 코스를 둘러 가기로 했다.

내가 엄마 아빠처럼 좋아하는 어른들이 계신 이웃 댁을 지나는 찰나 이층에서 빨래를 너시던 아저씨가 나를 불렀다.

"다인아! 다인아! 캔디야! 빨리 들어온나! 덥다. 그 밑에 가위 있제? 그걸로 포도 한 송이 따 온나. 들어와서 먹고 가라. 어서 온나 어서 온나."

반가운 아저씨 목소리다. 데크에서 낡은 꽃 가위를 가져다가 캔디랑 어떤 것으로 딸지 고민 후 한 송이를 땄다. 소중하게 안고는 부엌으로 가 적당한 접시 위에 포도를 놓고 거실에 앉아서 먹었다. 아저씨는 빨래를 널고 거실로 내려오셔서는 "안 그래도 왜 안 오노 했다. 이거 포도가 잘 익어서 캔디가 따야 되는데, 왜 안 오지 했어. 내 인제 그림 수업 간다. 먹어라 먹어라."

나는 엄마 아빠의 마음을 아저씨 아줌마에게서도 느낀다. 정말 두 분은 우리 엄마 아빠와 비슷하다. 나이도 성품도 사랑도. 처음 본 날부터 우리에게 티만큼의 스스럼없이 마당에 들어와 놀라 하셨고 그 뒤 사이가 깊어져 인연을 이어 오고 있다. 아저씨께서 그림 수업을 들으러 갈 준비를 하는 시간은 15분 정도다. 그 짧은 시간도 우리에게 내주시는 거다. 캔디는 거실에 앉아서 강아지, 고양이와 놀았고 나는 준비하는 아저씨와 얘기하며 금세 포도 한 송이를 먹었다.

"백 서방도 포도 무야지. 백 서방도 잘 묵제? 주게 여러 송이 따라. 내는 뭐가 맛있을지 잘 모르고 우리 아내가 잘 아는데."

아주머니는 수영 갔고 점심 모임 후 집에 온다고 하셨다. 우리는 놀이방에서 다 논 후에 다시 오겠다고 하고 길을 나섰다.

놀이방에서 놀고 난 후 캔디는 이웃 댁에 가고 싶어서 안달이었다. 부지런히 유모차를 밀어 댁에 도착했더니 아직 두 분이 오실 시간이 아니었는지 아무도 안 계셨다. 우린 그냥 마당에서 놀았다. 돌 줍고 텃밭을 보고 포도 구경도 하고 배롱나무도 구경했다. 난 데크에 앉아 땀을 식히고 있었는데 건너 길에 아주머니가 집으로 오는 게 보였다. 놀라는 기색도 없이 "어, 다인이 와 있네, 나 점심 먹고 왔어. 와서 밥은 먹었나? 캔디야, 우리 캔디 왜 이래 오랜만에 왔노, 기다렸다. 외가 잘 다녀왔나? 외할머니 외할아버지 잘 계시드나?"

따뜻한 말이 내게 불어왔다. 나는 자꾸 엄마 아빠가 보고 싶을 때 슬쩍슬쩍 찾아간다.

"할머니 할머니 다녀오셨어요?"

캔디도 사랑받는 걸 알아 더 살갑게 따른다. 약 한 번 안 뿌린 포도를 잔뜩 땄다. 두 분은 새들도 먹어야 된다고 따로 과실에 약을 뿌리지 않는다 하셨다.

"백 서방 갔다 주라, 좋아 하제? 냉장고에 넣어 놓고 먹어."

살갑고 따스하다. 우리 엄마가 겹친다. 집 안에 들어가서 여러 얘기를 하고 있는데 아저씨가 들어오셨다. 끊이지 않는 얘기를 나누고 나니 시간은 금세가 저녁 먹을 시간이 되었다. 아들 내외와 다 같이 식사 한 번 하자고 토요일엔 와인을 만들 거니까 오라고 하신다. 내 칭찬도 늘

하시고 우리 부모님 안부도 물으시고 나를 이래 잘 키워주신 분들이다. 다인이가 캔디를 이래 잘 키운다고 우리도 손자가 생기면 꼭 캔디 같았으면 좋겠다고 하신다. 그분들과 어울림에 불편함이 없고 보고 싶은 마음이 매일 커졌다.

자꾸 마당에 나가고 싶어 하는 캔디를 위해 아저씨는 모기 약을 들고 다니시며 주변에 모기만 보이면 뿌리신다. 나의 우울에 대해 물어볼 때도 이래라 저래라 하지 않고 그저 기분만 물어보신다. 집으로 돌아갈 시간엔 여름이고 겨울이고 매번 캔디의 신발을 신겨주시고 바깥까지 나와 인사해주신다. 그럴 때마다 나는 자꾸 우리 엄마 아빠가 보고 싶었지만 서글프지 않았다. 서글퍼서 텅 빈 마음이 아니라 오히려 마음이 가득 찬 하루였다. 오늘 일을 종근에게 말하며 우리는 웃었다.

봄 여름 가을 겨울

2017.09.12.

　에너지의 흐름은 계절을 만들어내고 그 시시각각이 아름다워도 미처 살뜰히 느끼지 못할 때가 많다. 나는 아직 여름이다. 계절의 시간이 아니라 내 나이 대의 시간 말이다. 활기 차고 뜨겁다. 32개월의 봄. 내 아이의 행동은 손안에 잡힐 듯 잡히지 않는 바람결 따라 떨어지는 벚꽃잎 같다. 가만히 잠든 내 아기를 보고 있으면 나는 왜 그 꽃잎을 굳이 내 손안에 잡으려 했는지 생각해본다.

　엄마 아빠의 나이 즈음이 인생의 가을일까? 따사로운 햇빛과 땀이 나지 않을 정도의 온도와 습도. 가을이 짧다고 하나 그 아름다움의 가치가 적은 것은 아니다. 언젠가는 우리 삶에 겨울의 시간이 올 테지만 사랑하는 이와 손을 꼭 잡고 품을 나누며 고개를 기대면 그 앙상한 풍경도 풍요로울 것 같다.

한낮에 더위가 꺾이는 듯한 9월. 계절을 느낄 수 있도록 하루에 한 시간 만이라도 바깥에 나가 둘이 산책을 한다. 'stroll'은 산책, 'stroller' 는 산책하는 사람이라는 뜻의 단어이지만 아이를 둔 부모에게는 유모 차로 더욱 익숙한 단어다. 유모차와 산책하는 사람이라니 너무 적절하 지 않은가! 유모차를 타는 어린 시절부터 산책에 익숙한 사람이 되는 것이다.

1월에 태어난 캔디는 생후 두어 달 이후에는 거의 내 품에서 산책을 했다. 모든 게 귀찮은 하루도 수두룩하지만 그래도 많이 덥거나 춥지 않은 날은 나가서 걷는다. 나가서 숨을 들이켜 계절을 맞이한다. 고요하 고 낮게 기쁘기만 하면 좋겠지만 걸을 때 마주치는 바쁜 사람들을 보는 게 나를 불안하게 하기도 한다. 여러 복합적인 감정으로 마음속 여러 갈래 중에 어디로 가야 할지 모르겠으면 마음을 멈추고 그냥 걷는 것도 좋다. 한들한들 한가롭게 지금 내 역할을 생각하며 마음에 중심을 잡으 며 현재를 마음에 새긴다.

계절을 받아들인다. 느낀다는 것은 참 좋다. 느낀다는 것은 여러 심 상을 기꺼이 마음대로 다룰 수 있는 것이니. 살면서 결정해야 되는 합 리적인 것의 거름이 된다.

글자를 아는 것같이 때가 되면 자연스럽게 익혀질 것에 대해 조바심을 내지 않는다. 아이는 지금 온몸으로 느껴야 하는 시기고 '절대로'라는 말이 걸맞게 이 시간은 절대로 돌아오지 않는다. 살아갈 땅과 환경을 그저 몸과 마음으로 느꼈으면 한다. 그러면 깊이 있게 탐구해보고 싶은 즐거운 욕심이 꼭 몇 가지쯤은 생길 것이다. 모두가 그렇다. 나는 별을 볼 때 말로 표현할 수 없는 벅참과 감동이 있다. 별은 과학이자 문학이며 역사이자 예술이다.

산책으로 길 위에서 힘을 얻는다. 걷는 속도에 따라 주변이 보인다. 혼자 걸을 때는 다소 빠르게 걸을지 몰라도 지금은 꼬마와 천천히 걷는다. 때때로 꼬마는 내 속력보다 빠르기도 하고 한참을 구경하느라 바빠저 멀리 멈춰 있기도 한다. 그러면 엄마가 부르는 소리에 뜀박질을 해야 한다. 둘이 걷기에 날씨는 완벽하고 하늘도 파랗다. 도시 속 틈바구니 자연일지라도 유기적인 작용을 통해 행복도 오리라.

천사와 1004일

2017.10.07.

　우리를 아무 조건 없이 사랑해주는 사람. 보고만 있어도 재미있는 사람.

32개월 이야기

@빠리 흐르는 시간이 아쉽다

둥글둥글 찬찬히 흘러가던 하루는 우리 얌전한 개구쟁이가 뛰고 춤추고 달리고 내가 잡으러 다니는 사이 어느새 32개월에 들어왔다. 가는 다리는 더 길어졌고 그 다리로 내리막길을 잘도 달린다. 아지랑이 같던 머리칼이 굵어지진 않았지만 숱이 많아졌고 미용실에 가서 다듬을 만큼 찰랑거릴 정도로 길었다. 단발을 못 면하고 있지만 보드랍고 윤이 나는 머리칼은 그 길이가 어떻든 간에 늘 깨끗하고 사랑스럽다. 요즘 들어 말도 잘 듣고 하는 행동도 예뻐서 미치겠다. 아니, 내가 이런 말을 자주 했던가?

아기를 기르면 하루의 시간이 빨리 돌아 꼬마의 밤잠 드는 시간이 얼른 왔으면 싶다가도 놀랍게도 쑥쑥 크는 모습을 보면 시간이 제발 천천히 흘렀으면 좋겠다며 말도 안 되는 바람을 가지게 된다. 조금 손이 덜가는 세 살 언저리, 아직은 안아서 들어도 가볍다. 자식이라고 보고만 있어도 귀여워서 자꾸만 쓰다듬고 보듬고 안고 싶은 지금 시간이 아까워 죽겠다.

그런데 나는 무엇이 계속 그리운 것일까? 햇빛 속에서 종알거리며 같이 걸었던 걸음, 베란다를 청소하며 지었던 함박웃음과 흠뻑 젖었던 민소매 옷, 어딜가든 즐거워했던 아이의 웃음은 사진처럼 머릿속에 아름답게 새겨져 있음에도 오늘은 이제 다시 없을 시간이기에 행복한 그리움이 동시에 남는다. 하루가 최선이었는지 실은 알 길이 없지만 적어도 아이가 웃으며 잠들고 내일을 기대하는 깊은 밤이 많았던 것 같다.

작은 그리움을 배우다

우린 제비가 동네로 날아들 무렵부터 작년 그 집에 다시 알을 낳고 새끼가 태어나 비행 연습을 하는 것까지 지켜봤다. 매일 산책길에 나와 캔디는 큰 소리로 제비를 불렀고 우리가 부르든 말든 제비는 열심히 살았다. 그리고 어느 날 저녁 '아, 오늘은 여름날 중 가을이 몰래 왔구나.' 싶었을 때 새끼 제비는 비행 연습을 하며 다시 남쪽으로 갈 준비를 하고 있었다. 그러다 언젠가 우리가 제비를 불렀을 때 텅 비어 있는 제비

집을 보고는 다른 절기를 느꼈다. 두어 달 새 또 몇 센티미터가 큰 우리 아기는 떠난 제비가 보고 싶다며 작은 그리움을 배웠다.

30개월부터 시작된 "왜? 이유가 뭐야? 왜 그런데?"의 '왜'라는 단어는 아이를 부쩍 자라게 했다. 아이는 이해하려고 노력했고 원인과 결과에 따라 말하고 싶어 했다. "무지개는 왜 색이 많은 거야?"부터 시작해서 온갖 말에 왜를 붙이니 나는 아이의 수준을 파악해야 했고 어떨 땐 쉽고 어떨 땐 어렵게 설명을 했다.

"사람은 왜 뼈를 가지고 있는 거야?"

"저 사람(외국인)은 왜 다른 말을 하는 거야?"

"더운 건 따뜻한 거야?"

"몸에 물이 묻으면 왜 추운 거야?"

설명이 캔디에게 맞춤 맞았을 적에는 그다음 질문을 이어갔고 설명이 조금 어려웠을 적엔 배시시 웃으며 말을 아꼈다.

내가 하는 말들을 기억해 다 때에 맞게 사용하는 것을 보고 우리 캔디는 문장 이해력이 좋다는 사실을 깨닫는다. 어떤 날은 부산 본가에서 엄마와 파를 다듬으며 평소 말투로 이야기를 주고받았다. 그랬더니 부산 억양이 어떻게 들렸는지 "왜 왜 왜 싸우는 거야. 왜 싸우는지 말해봐 어서"라고 말을 해 가족들이 크게 웃었다. 아직 글자는 모르지만 혼자 책을 외워 소리 내어 읽는 시간이 많아졌고 나에게 읽어주는 시간도 늘었다.

요즘은 조금 잔머리가 생긴 듯하다. 하기 싫은 일은 잔꾀를 내어 나에게 미루기도 하고 "뭐어? 다시 말해줄래? 나 잘못 들은 것 같은데?"라고 능청을 떨기도 한다. 또는 표정으로 지금의 기분을 마음껏 표현한다. 실망했을 때 표정이 특히 가엾고 귀여운데 진짜 그 애만의 무기가 아닐 수 없다. 엄마 아빠를 흉내 내 지금 본인이 일하고 있어 바쁘니 나중에 하겠다는 말도 한다. 본인이 부탁할 땐 들어줄 때까지 조근조근 끊임없이 물어오면서 말이다.

장난감 한 바구니

캔디 방을 정리해주는 날엔 나도 모르게 좀 짠하다. 한 바구니에 다 들어가는 적은 양의 장난감, 작은 책장에 있는 창작동화 전집과 그 외 몇 권의 책이 전부다. 좀 더 사 줘도 될 것을 어쩐지 자꾸 그런 면에서 후하지 못한 내 모습에 별것 없이 짠하다. 화려한 장난감들은 보통 육아지원센터에서 빌려다 놀았고 그중 특히 좋아했던 것들은 샀다. 얼마만큼 가졌느냐가 행복과 만족의 척도는 아니지만 너무 없나 싶기도 했다. 완성도가 높아 다 갖춰진 장난감은 일부러 지양하는데 아이가 단순한 장난감에서 마음껏 상상하고 생각했으면 하는 바람에서다. 상황을 머릿속으로 그리며 놀면 아이는 놀이 주도권이 생기고 자연스럽게 상황을 끌어가는 힘이 생길 테니까. 책도 마찬가지로 백 권의 책을 한 번씩 읽어주기 보다 한 권의 책을 백 번 읽어주는 것이 더 좋다고 생각했다. 한 이야기를 여러 갈래로 생각해볼 기회가 될 테니까.

자제력이 좋은 아이

부산 본가에 가는 날이면 캔디는 제 세상이다. 가족들은 하나밖에 없는 손녀에게 모든 걸 다 해주려고 한다. 날 닮아 신발을 좋아하는 캔디는 갈 때마다 몇 켤레씩 신발을 사기도 한다. 그럴 때마다 나는 몇 달이면 작아지는 신발이니 비싼 것은 못 사게 한다. 수순은 이렇다. 신발 가게에 들어가면 "엄마 저쪽으로 가볼까?" "구경만 할게." "그냥 신어만 보는 거야!" "이거 갖고 싶어 사 주세요." 늘 이런 레퍼토리다.

오히려 장난감은 정말 잘 참는 것 같다. 그런데 신발은 양보가 안 되나 보다. 이럴 때면 우리 엄마는 "손녀가 하나인데 이 조그만 게 얼마나 갖고 싶어서 그러겠냐"며 앞뒤 재는 법이 없다. 어느샌가 신발 가방이 손에 들려 있고 세상 행복한 캔디의 표정을 볼 수 있다. 어릴 적부터 "안 되는 건 안 돼. 되는 건 최대한 돼요"라는 말을 했는데 이렇게 어린 아기가 어느 정도 자기를 절제할 수 있다는 사실이 놀랍다. 아쉬운 마음을 이내 다른 재밋거리를 찾아 스스로 위로하는 것 같다.

화가날 땐 씩씩거리며 분해 울고, 소릴 지르고 힘들어하지만 늘 엄마인 내 말을 기억해준다.

"엄마, 캔디가 화를 내니까 내가 힘들어. 목도 아프고. 마음이 쿵쿵거리고 힘들어요." 하고 스스고 다독일 줄 안다. 어쩌면 우리는 아이의 또래 같지 않은 면모를 대견해하는지도 모른다. 떼 부리지 않고 부모의 말을 잘 수용하는 그런 모습 말이다.

하지만 그건 분명히 말하지만 꼭 마음이 좋은 것만은 아니다. 원하지 않는 상황에서 감정을 모두 드러내고 변명도 하고 화도 내어 속에 것을 다 끄집어낸다면 아이를 파악하기 쉬울 일일지도 모른다. 아직 어린 아기인데 상황에 맞춰 자신을 통제한다는 것이 정말 자의인지 부모의 압력인지 의문이 들기도 한다. 그래서 짠한 마음이 든다. 물론 아이는 앞으로 열두 번도 더 바뀌겠지만.

너 없이는 못 살아

잦은 야근 때문에 주중에는 거의 아빠의 모습을 보지 못하고 잠이 든다. 낮잠을 안 자면 7시면 밤잠을 자기 때문이다. 종근은 잠이 든 캔디의 모습만 바라봤다.

"아빠 왔어, 캔디야 사랑해 잘자."

그가 꼭 하기로 약속한 말이다. 아빠가 회사에서도 캔디를 많이 보고 싶어 하고 그리워한다는 사실을 늘 일깨워준다. 바쁜 나날에는 종근은 주말에도 일을 하는데 캔디를 무릎에 앉혀 놓고 일할 때도 있다. 우리 셋이 같이 있으니 너무 좋다는 캔디가 사랑스러워 종근의 큰 입은 더 귀에 걸리고 그 순간이 너무 소중해 둘이서 캔디의 볼에 뽀뽀를 퍼붓는다.

아이가 없던 그때로 돌아간다면 돌아가겠냐는 질문에 난 이제 캔디가 없으면 못 살겠다는 부모가 되었다. "네가 태어나 주기만 한다면 우린 더 잘할 수 있을 것 같으니 우린 그냥 연을 이어 살자"가 나의 답이 되었다.

"엄마, 캔디 때문에 웃음이나?"라고 때때로 하는 질문에 늘 성의껏 그렇다는 마음을 보여준다. 나는 세상 무뚝뚝한 딸이었기에 대신 다정한 엄마가 되기로 다짐했고 혹시 내 딸이 어른이 되는 과정에서 무뚝뚝해진다고 해도 늘 열린 마음으로 내 마음을 보여줄 것이다.

가끔씩 캔디가 본인이 엄마이고 내가 딸이 되는 역할 놀이를 할 때 나의 음성 톤을 흉내 내는 데 한없이 부드럽고 따뜻하다. 이런 말투는 캔디 외할머니의 영향을 받았다. 하루에 몇 백 번씩 부르는 "엄마." 소리에 한없이 보드랍게 대답을 한다.

무언가를 해달라고 할 때 완전히 다 해주지 않고 아이의 능력 선에서 할 수 있을 만큼의 과제를 준다. 이를테면 빨대 포장을 벗겨달라고 할 때 반만 벗겨서 나머지는 본인이 수행할 수 있도록 한다거나 냉장고에서 무언가를 꺼내 달라고 부탁할 때 꺼낼 수 있는 위치에 놓아 둔다거나 하는 것이다. 빨래를 갤 때 캔디가 개어 놓은 그대로 정리를 해둔다. 집안에서 너의 위치와 너의 역할을 존중한다는 뜻이다. 거짓으로 상황을 모면하지 않고 아이와 한번 한 약속은 꼭 지키는 것도 존중이다. 이런 육아 방식은 캔디의 부드러운 기질과 만나 무럭무럭 아이를 성장시키고 있다.

받는 사랑이 더 컸던 지난 시간은 다음 세대로 내려가 더 따뜻하고 섬세해졌다. 내리사랑이다. 딸을 보며 오래전 나를 본다. 엄마 역할을 하는 동시에 어린 딸에게 어린 날의 나를 투사해 다독이고 위로를 한다. 이번 생에 엄마는 처음이지만 어린아이는 한 번 해봤고 그래서 아이에게 어떻게 대해야 할지 알고 있다. 이런 과정을 통해 나를 더 사랑하게 되었고 아이에게 더 많이 사랑을 줄 수 있게 되었다.

하지만 생각해보면 부모의 자식 사랑은 어린 자식이 부모를 사랑하는 것보다 작다. 자식이 내게 주는 사랑을 믿고 가끔은 큰소리를 내고 화를 낸다. 화를 내도 자식은 나를 끝없이 용서해줄 것을 아는 약은 마

음에. 그날그날에 따라 가장 좋아하는 색이 바뀌지만 절대로 처음부터
못 박힌 대답은 세상에서 누굴 가장 사랑하느냐란 질문에 대한 것이다.
"엄마, 아빠, 캔디!"라고 말한다. 그럼 엄마와 아빠 중에 누굴 더 사랑하
느냐고 곤란한 질문을 하면 그래도 "엄마랑 아빠"라고 한다.

몸 튼튼 마음 튼튼

요즘은 캔디에게 몸이 튼튼해지는 법 말고도 마음이 튼튼해지는 방
법을 가르쳐주고 있다.

"사람은 여러 가지 감정이 있단다. 그걸 피하지 않는 것이 중요하지.
매일 즐겁고 평온할 수는 없어. 하지만 그 상태로 돌아오는 방법은 있
어. 평소에 많이 웃고 재미있고 작은 것에서 재미를 찾는 거야. 가족 친
구들과 즐거운 추억을 만들고 생일날 케이크를 고르는 일을 절대 가볍
게 넘기지 않는 거지. 너에게 소중하다고 생각되는 모든 것을 중요하게
여긴다면 몸뿐만 아니라 마음도 튼튼해지는 방법이야"라고 말했더니
금세 딴소리를 한다. 마음이 튼튼해지는 법의 설명이 아직은 어려웠나
보다. 괜찮아 당장에 하늘색과 달의 모양이 이렇게 흥미롭고 늘 재미있
으면 된 거지.

내게 온 소우주

대학 강의에서 들은 교육 철학 과목의 내용 중이었을까. 동양에서는 사람을 소우주라고 표현했는데 살면서 그런 표현이 와 닿는 적절한 시기가 지금이다. 너도 우주고 나도 우주라면 우릴 구분 지어 사랑할 필요가 있을까.

물리학에서도 모든 물질은 원자로 이루어져 있다고 하는데 별을 보는 사람들은 결국 사람이란 별의 폭발로 만들어진 별 부스러기라는 것에 동의할 것이다. 내가 우주를 올려다보는 것을 너무 동경해 신께서 내가 품을 수 있는 작은 우주를 주신 게 아닐까. 이렇게 거창하게 말할 필요도 없이 낮엔 뜨거운 에너지로 아이를 기르고 밤엔 달빛 같은 차분함으로 아이를 품에 안으니 내가 우주가 아닐까. 나는 나 그대로인데 어디서 자식이 나온 건지 오묘한 생각이 꼬리를 문다.

혹시 이 시간이 내게 주어진 두 번째 시간이 아닐까? 이 말을 같은 또래 딸을 키우는 분에게 들었던 기억이 있다. 상상을 한다. 후회의 순간이 오면 과거로 돌아갈 수 있다면 이렇게 할 텐데 저렇게 할 텐데라고 마음껏 상상하며 지금을 아쉬워한다. 그런데 만약에 지금 내 순간이 두 번째라면? 게으름도 부리고 설거지도 미뤄 두고 집이 엉망인 날이 태반이겠지만 힘껏 안아주고 뽀뽀하고 쓰다듬고 사랑한다는 말을 아끼지 않을 것이다. 적어도 지금 내가 두 번째 순간이든 백 번째 순간이든 처음이든 간에 우릴 많이 사랑한다.

　마음에는 늘 여러 감정과 선택의 순간이 있지만 하루가 마감되는 그 찰나 오늘의 내가 옳은 사랑을 실천했음을 감사한다. 오늘도 소중한 역사를 남겼고 작고 가치 있는 삶을 살아나간다. 작년 가을에 그렇게도 우울하던 마음이, 슬프기만 했던 마음이 올해 가을에는 행복으로 많이 채워졌고 시간이 약이 아니라 시간을 약으로 만드는 힘이 반드시 필요하다는 것을 깨달았다.

미니 사과 따기
2017.10.26.

사과나무에 연분홍 꽃이 피었을 4월, 아주머니 아저씨께서는 가을에
함께 사과를 따자고 약속했다. 캔디는 빨리 사과가 열렸으면 좋겠다고
했고 눈 깜짝할 새 곧 10월이 왔다.

땡땡하게 익은 새빨간 미니 사과가 마당 고양이들과 놀던 캔디 눈에
들어왔고 이윽고 부엌으로 들어가 "할머니 저 사과 따도 돼요?"라고 물
었다. 아주머니와 아저씨께서는 언젠가 주워 두었던 이쁜 바구니를 손
에 들려 주시면서 많이 따오라고 응원하셨다. 번쩍 들어 올린 캔디는
사과가 자랄 동안 함께 많이 컸고 제법 무거워졌다. 여전히 작은 아기
손으로 야무지게 사과를 땄다. 한가득 따고는 내가 사과 사진을 찍지
못하게 이리저리 바구니 사이를 옮겨다녔다.

"한번 먹어볼까?"

캔디의 말이 떨어지기 알맞게 아주머니께서는 사과를 씻어주셨다. 작고 여문 것이 예쁘기 그지없다. 이 말이 향하는 대상이 사과인지 우리 아기인지 헷갈린다. 둘러앉아 먹는 사과는 더 맛있고 내려 주신 커피는 따뜻했다. 엄마 아빠가 주는 사랑 말고 또 다른 사랑 속에서 캔디의 마음도 어제보다 더 익어 갔을 것 같다. 마음에 단맛이 꽉 들어찼다.

어디든 가을은, 그러나 가을은

2017.11.13.

가을이 좋지 않았다. 빛의 기울기가 크지 않을 때 오는 울적한 기분
이 싫어 여름을 쫓아 어디론가 떠나 버리거나 가을을 사랑하는 사람 옆
에 꼭 붙어 그 기분을 나눠 받고 싶었다. 떨어져가는 기온에 어깨를 움
츠리는 것도 사는 공간을 꽁꽁 닫아야 하는 것도 갑갑했다. 가을은 맑
음과는 거리가 먼 것이라고 느낀 적이 많았다.

유독 내가 맑음에 많이 집착하기도 하지만 작년 가을과는 사뭇 다른
빛의 기울기가 커 여름 빛이 길게 드리운 것만 같은 가을이었다. 적당
한 기온의 대기는 좋은 컨디션을 주고 연일 맑은 날씨는 좋은 기분을
준다.

내 아이의 세 살 가을도 중요하지만 서른셋, 나의 이번 가을도 참 중

요하다. 올해의 가을은 먹먹하고 개운하다. 지난가을과 비교되게 성큼 커 어린이처럼 말이 통하는 딸과 가족들과 보낸 가을은 그다음 계절을 기대하게 했다.

우린 수시로 사랑을 고백하고 고백받고 사랑받고 있음을 확인한다. 겨울이 오면 무얼 할까? 여름부터 손꼽아 기다린 눈 오는 순간에 우리 아기의 표정은 어떨까? 하는 생각에 겨울이 겨울 영화의 한 장면처럼 따뜻할 것만 같다.

손을 꼭 잡고 걷는 숲은 느리지만 많은 것을 보게 한다. 같은 나무에 다른 생김새 빛깔의 나뭇잎들. 엄마를 사랑하니까 주워봤다는 아기의 손에 들린 하트 모양의 나뭇잎. 내 옷 색과 비슷한 잘 마른 낙엽이다. 물가에 내려앉은 햇볕이나 바람이 불어 날리는 사람들의 머리카락. 그들의 표정이나 저마다의 고운 목소리에 실려 나오는 단어들. 볼에 먹이를 가득 넣고 가는 줄무늬 다람쥐의 작은 몸짓도 천천히 종종 걷는 우리의 마음에 영사기처럼 스쳐간다.

바람이 쏴 하고 불면 오래 산 나무들은 우리 아기에게 인사하고 이야기를 들려준다. 그 이야기가 무슨 내용이냐고 묻는 건 내 몫이고 그 내용을 다시 나에게 들려주는 것은 우리 아기의 몫이다. 급한 일도 끝내야 되는 일도 없는데 늘 속에 작은 하늘을 담을 공간이 부족한 것 같다. 숲길에서 미생물의 냄새를 맡으면서 시시각각 변하는 구름 모양에 대해 이야기하며 그렇게 한바탕 걷고 나면 시간은 제법 지나 늦은 오후가 된다.

밤잠에 드는 아기의 숨소리가 편안하고 내 속이 편안하다. 올가을은 그렇게 맑고 편안하다.

캔디와 신발

2017.11.27.

신발을 좋아한다. 우리 아빠가. 내가. 우리 딸아이가. 밥상머리에서 다 겪지 않아도 해물을 좋아하는 입맛이 비슷하고 또 아기이지만 종근도 좋아하는 파를 좋아한다. 유전자에 좋아하는 것이 대를 내려 새겨지나 보다.

세 살이지만 분홍색이나 공주 차림에 관심을 보이는 다른 아기들과는 조금 다르게 매일 좋아하는 색이 다르지만 신발만은 확고하다. 신발장에서 그날 신고 싶은 신발을 골라 신는다. 폭염주의보가 내린 날 털부츠를 신거나 한파주의보가 내린 날 샌들이 아니라면 나는 그냥 신게 한다. 아, 처음엔 설득하기도 하지만 곧 지고선 신고 싶어 하는 신발을 신긴다.

오늘도 나갈 채비를 하는 도중에 신발장이 소란스럽다. 며칠 전부터 여름 신발을 너무 신고 싶어 했지만 다른 사람을 만나러 갔거나, 그래도 어느 정도 아래위를 맞춰 외출을 해야 했기에 계속 우리에게 거절당했다. 그래서 오늘은 기필코 그 신발을 신어야 했나 보다.

그래 그런 날, '어린 너라고 왜 네 생각이 없고 네 기분이 없겠니'라고 생각한다. 우린 우리보다 아기의 기분과 생각이 더 중요하다는 걸 되새긴다. 기온을 보니 5도다. 일단 양말을 고르라고 했다. 아무리 그래도 맨발엔 추우니까.

"엄마! 양말 신으니까 발가락이 안 추울 거야. 내가 이 신발이 얼마나 신고 싶었다고. 사랑하는 엄마가 사 준 거라서 사랑스러울 거야."

이렇게 말하는데 졌지 뭐. 신발을 신는데 급한가 보다. 먼저 반쯤 신었다.

"엄마 지금 짜증났어?"라고 내 기분을 살피는 눈빛이 짠해 난 금세 속아 넘어가 즐겁게 여름 샌들을 신길 수밖에 없었다. 그러곤 바깥에 나가서 "안 춥네!"라고 말했지만 집에 돌아올 땐 춥다고 투덜거렸다. 하지만 그건 너의 몫이다.

달리기 시합을 제안해서 집으로 달려왔다. 따끈한 수프 한 컵을 먹곤 이번엔 운동화를 신고 나가겠다고 슬그머니 나에게 말했다.

"엄마! 이럼 어때? 수프 먹고 운동화 신고 놀이터 가자! 어때 좋은 생각이지?"

"그래 그럼."

오늘 찍은 사진에서 낮 빛만 보더라도 겨울이 왔음을 알 수 있다. 어느새 또 겨울이 되었다.

지금 눈이 와서

2017.12.01.

부산에서 살았던 나는 거의 보지 못했던 눈 오는 날. 겨울에 눈이 내리면 세상에서는 아무 소리도 안 들리는 것 같다. 해가 넘어간 서쪽 하늘엔 오늘 연분홍빛 노을이 졌고 꼭 이 차가운 겨울 목에 뛰어논 캔디의 볼 빛 같단 생각을 했다.

캔디 볼에 노을이 걷힐 시간 즘엔 눈이 올 낌새가 있더니 결국 눈님이 오신다. 찬바람이 스미지 못하게 꽁꽁 무장을 시켜 나가면 처음엔 안 춥다가 또 추워졌다가 집 안으로 들어올 시간엔 살짝 더워진다.

아이는 눈에서 뛰어놀고 소꿉놀이를 한다. 매년 겨울을 이렇게 신나게 보낼지는 모르겠지만 눈에 대한 기억이 팔짝팔짝 꿈 같은 느낌으로 남길 애써본다. 그래서 눈이 오면 바로 둘둘 말고 바깥으로 나간다. 눈이 오는 순간, 볼에 직접 맞으며 사르르 녹아드는 낮은 온도를 느끼게 해주고 싶었다.

눈 쌓인 마른 잔디에 누워 '스노우 엔젤'을 가르쳐주지도 않았는데 만들었다. 낮에 눈사람 스티커를 사면서 눈이 오면 바깥 나무에 붙이겠다고 눈이 오면 좋겠다고 캔디가 말했다. 눈사람 스티커 덕에 눈이 왔나 보다. 적어도 아이는 그렇게 믿을 것 같다.

대설 특보라도 내리는 날엔 아이에겐 즐거움 특보가 내리는 날이다. 눈 내리는 날 며칠만으로 아이는 겨울이 행복하다고 했다. 지금 내게 나만큼 중요한 건 바로 네 행복이다.

돌아와서 친구가 보내준 고구마를 구웠는데 조금 말려 뒀더니 지금 맛이 최고다. 꿀에 재워 논 게 아닐까. 뜨거운 것을 후후 불어 우리 아이 입속으로 넣어 주는 행복이 있는 12월 1일 겨울의 초입이다. 캔디는 눈 쌓인 내일을 기대하며 눈 위에 그려볼 것을 열 가지 이상 나열하다 이윽고 잠이 폭 든 숨소리를 냈다.

다시 좋은 겨울

2017.12.04.

맑은 겨울이 왔다. 오늘 주간 날씨를 보니 일주일 내내 맑음이다. 카페에 갔다. 주말에 마셔본 스노우돌체라떼가 마음에 꼭 들어 아침이 밝으면 캔디와 다시 한 번 가야겠다고 생각했다. 물론 난 그 위에 얹혀진 스노우맨 초콜릿은 맛보지 못했다. 이 한 잔의 단 음료 덕분인지 겨울이 다시 좋아진 것 같다. 아니, 그걸 깨닫는 단서가 된 것 같다.

어릴 때도 겨울이 좋았다. 교회는 12월이 되면 전구로 장식을 했고 5시만 되면 어두워지는 바깥은 색색으로 빛났다. 늦게 다닐 수 없었지만 그 존재만으로 좋았다.

"엄마 저 나무 좀 봐 예쁘지." 캔디가 말했다.

"그러네 예쁘다."

"왜 예뻐?"

"생명이 깃든 건 저마다 예쁨을 가지지."

"감도 예쁘지, 나무도 예뻐. 구름도 생명이야?"

"구름은 에너지라고 해두자."

"에너지?"

"응, 지구의 모든 에너지는 해님이 주는 거야."

"집에 카페 놀이 있으면 좋겠다."

"와 있을지도 몰라 할머니가 산타 할아버지에게 미리 달라고 했대."

"기차 타고 할머니 집 가고 싶어. 그리고 기차에서 노래하고 싶어."

"안 돼, 자고 있는 사람 있음 어떡해. 사람들이 깰 거야."

"예쁜 노랜데?"

"그럼 이러자. 노래를 캔디 몸속에 꼭꼭 숨겨 두는 거야. 사람들에겐 비밀로 하고 할머니 만나면 들려주자."

"어디에 숨겨? 배에? 목에? 발에? 머리에?"

"캔디가 원하는 곳 어디든지 숨겨 놔."

"그럼 내리면 말하고 노래해도 돼?"

이런 대화가 오갔다. 집에 오는 길은 바람이 불었고, 옷을 두 겹 입혔지만 다리가 춥다고 했다. 바람이 부니까 낙엽들이 돌돌 굴렀고 캔디는 낙엽들이 앞구르기를 잘한다고 좋아했다.

슬픔은 무슨 뜻이야?

2017.12.13.

가끔 하는 말이 폭발적으로 엉켜 나오는 캔디의 모습을 볼 때면 적절하면서도 우스워서 그 뜻을 묻게 된다. 요새는 "엄마 나 슬퍼." 이 말을 자주 쓰는데 그럴 때면 난 심장이 살짝 내려앉는다. "우리 아가 왜 슬플까? 혹시 말해줄 수 있어?"라고 물으면 입을 삐죽이며 큰 눈망울로 나를 쳐다보고는 이내 고개를 떨군다. 행위 자체는 슬픈 게 맞네.

"그럼 이렇게 해. 그 슬픈 마음 엄마한테 나눠줄래? 그리고 캔디가 갖고 있을 수 있을 만큼만 남겨 두고 엄마 줘"라고 했더니 "엄만 슬픈 마음을 좋아해?"라고 한다. "아니 슬픈 거 싫어해. 그렇지만 캔디가 아프거나 슬픈 게 더 싫으니까." 여자 아이는 공감 능력이 큰 게 맞는지 내딸이라서 애잔함이 스민 건지 캔디는 훌쩍인다. 자기 전엔 슬픈 게 무

슨 뜻이냐고 물었더니 조금 알 수 없는 말로 나름대로 설명했는데 결론
은 보고 싶지 않은 것이라고 했다.

그것 봐 예쁘지?

2017.12.14.

연한 갈색 머리에 하얀 피부에 옅은 눈썹, 제 아빠를 닮은 웃는 큰 입. 가늘고 긴 팔다리가 나와 다른 우리 딸은 내 눈에 세상 예쁘다. 하는 짓도 들려주는 말도 구분되게 예쁘다.

엄마는 빤짝이는 까만 눈에 짙은 속눈썹과 눈썹, 통통했던 팔다리 많고 검은 머리숱에 그 당시 말을 잘했는지 어쨌는지 잘 기억나지 않아도 내 사진을 보며 "거봐, 네가 더 예뻐. 이맘 때 캔디보다 네가 더 예쁘지?"라고 했다. "몰라 나도. 난 내 딸이 더 예쁜 것 같아." 그렇지만 외할머니도 그랬을 것 같다. "봐라, 네 엄마가 더 예쁘지 않니?"라고 말이다.

사랑은 온다

2018.01.08.

나의 사랑 캔디. 올해로 네 살이 된 우리 온살배기 아가다. 오랜 고민 끝에 가지기로 한 아이는 우리에게 행복만큼의 고민을 함께 준다. 책임과 사랑은 칼 같아서 도저히 반으로 가를 수가 없다. 그런 우리 아이가 세 번째 생일을 맞았다. 말도 무척 빠르고 표현력도 남달라 늘 주변을 놀라게 하는 특별하게 예쁘고 귀한 존재가 우리에게 온 지 3년이 되었다.

사랑은 부비고 속상하고 웃을 때 찾아왔고 그간 힘이 너무 들어 틈만 나면 왜 결혼을 해서 난 이렇게 생존하는 데만 온 하루를 쏟아야 하는지 화가 맺힐 때도 많았다. 나의 낙이었던 별 보는 일도 아이를 낳은 후 하지 못했고 부모로서 삶의 큰 부분을 참아 가며 세 번째 부모 생일을 함께 맞이했다.

나의 우주, 나의 별, 우리의 생명인 캔디에게 늘 예쁜 말만 해준 건 아니었다. 가시 박힌 감정을 절제의 절제를 거쳐 봇물 터지듯 화를 내는 날엔 잠든 아이에게 속죄하듯 한 번 더 쳐다보고 한 번 더 쓰다듬고 듣던 말던 사랑한다고 말했다. 세상의 중심이 나밖에 모르던 나는 더 귀한 것이 있다는 깨달음에 겁도 많이 났다.

캔디가 좋아하는, 예쁜 두어 가지로 조촐하게 생일을 축하해주었다. 이런 작은 순간조차 아이의 마음을 사랑의 기억으로 가득 채웠을 것이라고 확신한다. 아이의 표정은 거짓을 꾸밀 줄 모르니까.

생일엔 미역국과 잡채와 불고기를 했다. 작은 상에 둘러앉아 한술 뜰 때마다 맛있다 행복하다 축하한다는 말이 오갔다. 예쁜 말은 사랑하는 마음에서 나온다. 진짜 고슴도치였던 나에게 결혼 전 종근이 말하길 "내가 주는 사랑에 언젠간 보드라운 토끼가 될 거예요"라고 했다. 요새도 회식 후 야식을 사다 주며 내가 먹는 모습을 보여 맛있게 먹어줘서 행복하다고 사랑한다고 말하는 그가 고맙다. 애인의 사랑은 이런 건가 보다.

난 부모의 사랑은 당연한 것이라고 생각했다. 엄마가 된 지금도 그 생각은 변함없다. 다만 엄마가 주는 사랑은 너무 커서 자식이 인지하지 못할 정도였다는 건 알겠다. 그냥 그렇게 그 나이 대에는 본인밖에 몰라도 된다. 그건 좀 더 나이 많은 사람이 이해하면 되는 일이다. 밥 먹을 때마다 예쁜 반달 웃음을 하곤 나에게 맛있다 고맙다고 하는 종근을 닮아 캔디도 곧잘 그런 말을 내게 한다.

한글로 표현할 수 있는 무수한 감정 사이에서 흔들리며 균형을 잡는 일은 무척 어렵다. 엄마가 알려준, 세상에서 제일 맛있는 엄마표 콩나물무침엔 들어가는 것이 별 게 없다. 그런데도 잘되질 않는다. 엄마는 하기 쉽다고 말하고 내가 보기에도 쉬워 보이고 할 수 있을 것 같은 많은 일이 실은 쉽지 않다.

캔디 생일을 위해 잡채를 처음 만들었다. 휴대전화 스피커폰으로 엄마에게 지도 편달을 받으며 만들었다. 비슷하게 예쁘게 완성되었지만 날카로운 내 판단으로 엄마의 그것은 아니다. 그래도 내 딸과 내 남편은 게 눈 감추듯 먹어주었고 엄마도 내게 칭찬을 했다. 여러 가지 감정이 한꺼번에 왔다. 꼭 잡채 같다. 어우러짐을 찾는 것이 관건이다.

언젠가는 좀 슬픈 생각이 들었다. 내가 우릴 위해 만드는 음식이 엄마의 맛이 아니라 시어머니의 맛도 스며들고 있었다. 그게 이상하게 엄마에게 미안하고 슬퍼서 슬그머니 낮에 철판을 장착하곤 엄마에게 말했다.

"엄마 것이 제일 맛있지만 어떤 건 어머니가 만든 게 맛있을 때도 있어. 그래서 그 레시피도 내 음식에 섞이게 돼."

엄만 웃으면서 그게 당연한 거란다. 당연히 그렇게 섞이면서 본인만의 것이 또 탄생하는 거라고 자연스럽고 너무나 당연한 거라고 했다. 엄마도 시어머니인 우리 할머니 영향을 많이 받았다고 했다.

사랑은 한 길의 감정이 아니라는 것이 신기하다. 캔디를 위하는 마음엔 큰 겁도 있다. 두려움이 아이를 더 꽉 지키게 한다. 이런 건 아무도 가르쳐주지 않는다. 부모가 되는 것이 얼마나 큰 사랑과 큰 두려움이 공존하는지 알려주지 않았다.

살면서 부모의 마음에 대해 가르침을 받은 적이 있던가? 어찌 보면 인류 생존을 위해 당연한 이 일이 가르치기에는 너무나 커다랗고 깊어서 누구도 엄두를 못 내는 것일까? '자식은 사랑받아 마땅하다'라는 문장이 가진 뜻이 얼마나 깊은지. 천수를 누리는 동안 그 어떤 조건 없이 있는 그대로를 받아들이는 가장 어려운 사랑. 다칠까 아플까 노심초사하며 웃는 얼굴 한번에 마음이 가득 차는 사랑. 가르친다고 한들 배울 수 있는 것은 아닌 것 같다.

우린 현재를 더 낫게 고치기 위해 다른 선택을 하러 과거로 돌아가는 상상을 한다. 종근과 그런 상상을 종종 해본다. 그래도 역시 다시 우리 둘은 만날 것이고 이 아이를 낳는 선택을 한다는 것은 변함이 없다. 한 번 알면 돌이킬 수 없는 사랑이어서 세상 자식 관련 비보는 다 가슴이 파이고 아프다. 잘 먹는 아이들을 보면 더 주고 싶고 웃는 아이들이 다 예쁘고 자는 모습이 모두 천사 같다.

아이를 낳고 그 존재가 점점 내 살같이 귀해져 어떻게든 이 감정과 사랑을 반드시 기록해두어야 했다. 누구나 느낄 수 있지만 모두 다 다르게 표현할 이 기분을, 우리의 감정을 내 방식으로 기록해두어야 했다. 나는 우리 이야기를 캔디가 언젠가 읽기를 바란다. 미치도록 사랑하고 귀한 네가 우리에게 와 주어 얼마나 감사한지, 이 기분이 무엇인지 찬찬히 읽어볼 날이 올 거라 생각한다. 생일 축하해 우리 아가. 사랑한다.

아기는 노력한다

2018.01.15.

아기는 노력한다. 언제나 어느 때고 많이 노력한다. 자라느라 애쓰며 노력한다. 특히 감정에 대해 노력하는 모습을 보일 때면 더 대견하고 애잔하다. 아이가 제일 싫어하는 것은 바로 엄마가 화를 내거나 냉담히 대할 때다. 오히려 큰소리를 내어 화를 내거나 혼을 낼 땐 그 순간 울고 끝이지만 내가 화를 참거나 표정이 식으면 캔디는 무척이나 노력한다. 내 마음을 돌리려고 온갖 말과 표정과 행동으로 불편한 순간을 해소하려 한다. 이 작은 아이가 원하는 건 하나다. 다시 웃는 내 얼굴이다. 그저 어서 엄마가 내게 다시 웃어줬으면 하는 바람이다. 안아달라거나, 책을 읽어달라거나, 같이 블록을 만들자는 아주 작은 바람들. 그중에서도 가장 쉽고 간단한 웃는 얼굴을 보여 달라고 하는 것. 아이의 요구는 나에겐 별 노력 없이도 할 수 있는 너무나 사소하고 간단한 것들이다.

아기가 크는 데 있어서 나의 기다림과 여유는 어찌 보면 가장 중요한 것 같다.

"조금 더 놀아도 돼요?", "조금 더 먹어도 돼요?", "조금 더 물속에 있고 싶어요."

그저 지금 처한 재미난 것을 조금만 더 하길 원하는 것인데, 엄마가 하던 설거지나 빨래를 걷는 것 따위 몇 초만 미루고 날 봐 달라고 하는 것인데. 나는 왜 그걸 "잠시만"이라거나 "기다려"라는 말로 안달나게 하는 것일까. 당장 거품 묻은 그릇을 놔 둔다고 해서 그릇이 슬퍼하거나 깨지거나 하는 것도 아닌데 말이다.

해가 바뀌고 엄마로서 다짐이라면 네 살을 그저 네 살답게 보낼 수 있게 기다려주는 것. 개구지고 마음대로 마음껏 하고 싶은 아이의 시간을 그대로 기다려주는 것이다. 이왕 부모로 살기로 결심했으면 괜찮은 부모로 살길 원한다. 무한히 사랑하고 싶다. 최고로 소중하고 예쁜 존재인 널 우주만큼 사랑하고 있다는 걸 깊이 심어주려고 노력한다.

어른인 엄마의 마음을 돌리려고 부단히 노력하는 그 마음이 얼마나 순간 힘겨울지 생각하니 속이 쓰리다. 그냥 잠깐 멈추고 안아주면 되는 것을. 그것이면 되는데 그런 순간이면 비싸게 군 것이 이토록 후회가 된다. 아이가 노력을 하니 어른인 내가 알아줘야 한다.

편안한 마음

2018.01.22.

아이에게 늘 선택권을 준다. 선택지는 내가 정한다. 둘 다 만족하는 순간에 갈등은 사라지고 편안한 마음이 온다. 이것이 언제까지 갈지는 모를 일이지만 구태여 다른 조건을 붙여 아이의 환심을 사거나 순간의 매력으로 아이를 환기시키지 않는다.

캔디는 우리 가족에게 너무나 소중하다. '내가 정말 좋은 사람이구나' 라고 느끼게 해주는 작지만 무한한 나의 우주. 나의 딸. 내가 임신을 하고 엄마가 된다는 생각에 급급해 종근이 아빠가 된다는 사실, 부모님이 할머니 할아버지가 된다는 사실을 가벼이 생각했나 보다. 세대가 늘어 난다는 것은 인생이라는 상자 안에 넣을 커다랗고 중요한 무언가가 더 생기는 것이다. 그 상자가 유한할지 무한할지는 모르겠다. 하지만 채워 넣을 시간이 유한하다는 것은 모두 안다.

나는 숙쌈을 좋아하는데 데친 채소에 엄마의 양념장을 더하면 밥 반 공기도 못 먹는 내가 한 그릇 이상 비운다. 머위잎이나 호박잎, 깻잎 등을 데치면 마음이 편해지는 선명한 녹색이 되고 더 많이 먹을 수 있다.

우리 동네 위에 가면 산이 있고 새벽 등산을 하는 사람들을 겨냥한 새벽 장이 선다. 그곳은 아침 8시, 출근이 시작되는 시간이 되면 파하는, 아는 사람만 이용할 수 있는 시골장 같은 곳이다. 그 근처에서 새 머위가 나오는 날을 간파한 엄마는 새벽에 그곳으로 간다.

그날 들어온 머위가 있다면 다 가져온다. 데친 머위 몇몇 장은 아빠 입에 몇몇 장은 엄마 입에 들어갈 테지만 대부분 내가 먹는다. 너른 이파리를 엄마만 알 듯한 초 분으로 삶아내어 찬물에 헹구어 물기를 꼭 짜내면 쌈으로 먹기 힘든 모양이 된다. 그것을 먹을 때 엄마는 내 옆에 앉아서 일일이 다시 부채꼴 모양으로 편다. 접시나 그릇에 두지 않고 밭에서 온 모양 그대로 내 손바닥 위에 두세 장씩 놓아 준다. 아주 맛있다.

우리 시어머니는 엄마 같지 않다. 털털하고 꾸밈없다. 싫은 소리를 하지 않지만 할 말은 하신다. 한번 말씀하시면 그걸로 끝이고 절대적으로 우리 부부를 믿는다. 외동아들을 두셨고 우리 엄마처럼 평생 일하는 엄마로 살았다. 두 엄마 모두 아직도 일하는 할머니다(캔디가 태어났으니 할머니). 부여에 가면 무심한 듯 늘 내가 좋아하는 것들만 주신다. 봄이 지나 호박잎이 나올 철이면 어머니는 종근은 입에도 대지 않는 호박잎을 완벽히 데쳐 내 상에 올리신다. 헌 밥이 밥솥에 남아 있다면 나만 주는 새 밥에 호박잎을 올려 배가 터지도록 먹는다. 그때는 적게 먹는다는 소리를 듣지 않는다.

삶의 상자에 넣을 커다란 것들이다. 순간의 일이지만 그것이 모여 하루가 되고 인생이 된다. 그래서 엄마로서의 다인은 편안한 마음을 배우고 상자에 다시 중요한 것을 채워 넣는다. 캔디를 물질적으로 풍요롭게 키우기보다 마음을 풍요롭게 키우려고 노력한다. 산책의 즐거움, 하나 있는 전집을 몇 번이고 읽고 또 읽으며 생각을 말하고 단어의 뜻을 알게 되고 색다르게 해석하고, 기준을 내 안에 잡아 불안함이 쳐들어 올 때 다시 기우뚱거리며 양팔 저울처럼 균형을 잡을 수 있도록 하기 위해 무척이나 열심히 엄마라는 직업에 임하고 있다.

온종일 새로운 자극을 주기보다 주변을 보고 아이의 눈을 보고 내가 숙쌈을 마구 먹는 그 시간처럼 하루에 조금씩 행복을 저금한다. 자랑 아닌 사랑. 네 인생에 편안함이 너를 자랑 아닌 사랑을 하는 사람으로 이끌기를 바라본다.

말 잇는 아이

2018.01.25.

'잇다'라는 말이 좋다. 캔디는 10개월 무렵부터 말을 했다. 의미가 있는 단어를 시작으로 몇 가지는 자신만의 언어로, 꿰고 꿰어 문장이라는 꾸러미를 만드는 데 오랜 시간이 걸리지 않았다. 아이가 단어들을 꿰어내는 동안 우린 그 과정을 귀로 경청했고 눈으로 쫓았다. 조불조불 예쁜 입과 숱한 표정, 일인 연극이라도 하는 듯한 눈썹 움직임이 무얼 말하고 싶어 하는지 쫓아가느라 하루가 고단하고 고단한 만큼 얻는 것이 컸다.

36개월인 지금 아이는 성인과 무리 없이 대화를 잇는다. 친근한 아이, 인사 잘하는 아이, 바른 아이다. 캔디에게 싫은 건 확실히 싫다고 해야 한다고 가르쳤기 때문에 조용하고 매서운 면이 많다.

동네 이웃 어른들이나 길가다 눈 마주치는 어른들께 모르는 분이라도 인사를 한다. 그걸 캔디에게 가르쳤고 인사는 예의와 동시에 나를 알리는 것이니 동네에서 우리 아이의 존재를 사람들이 안다면 득이 더 많을 거라 생각했다.

목욕탕에 갔다. 돌이 지나고서는 자주 데리고 다녔다. 부산 본가에 오면 으레 내가 사랑하는 목욕을 거의 매일 가다시피 한다. 캔디도 목욕탕 가는 것을 무척 좋아해 '우리 피가 맞군.' 하는 농담 반 진담 반 말을 한다. 목욕탕에서 놀고 있는 캔디에게 어른들이 다가와 말을 걸면 헤어질 때까지 말을 이어간다. 대체로 나이가 좀 있으신 분들이 아이에게 다가오는데 나는 주변에서 크게 관여하지 않은 상태로 아이를 살핀다.

아이는 누구와도 말을 잘 이어간다. 감기를 주제로 얘길 나누기도 했고(병원에서 있었던 일, 독감 검사를 해봤던 일, 친구가 아팠던 일 등등) 말을 건 어르신의 손자 이야기를 하기도 했다. 본인이 좋아하는 거, 지금 할머니 집에 와 있다는 것도 즐겁고 당차게 얘기를 이어간다.

내가 낄 이유는 없지만 끊어야 할 시간이나 단어가 막힐 땐 도와준다. 기꺼이 당신들의 시간에 따뜻함을 나눠주신 분들에게 감사하다. 대화가 모두 끝난 후엔 나는 반드시 "고맙습니다"라고 인사를 한다. 실은 '당신의 시간을 우리 딸아이에게 내어주어 고맙습니다'의 줄임 인사다.

경청하고 눈 마주치고 적게 놓치고 많이 보듬고 웃어주고 사랑한다고 말할 때 자신감이 생기고, 자존감은 높아진다.

"가정에서의 너의 대접이 곧 바깥에서의 네가 받는 대접이 될 거야."

우리 부모님의 말을 난 그대로 믿는다. 부산에는 애칭 아닌 애칭이 있는데 자식들 이름의 끝 글자만 부르거나 딸에게는 우리 엄마, 남의 엄마 할 것 없이 '공주'라고 부르는 것이다. 나 역시 그렇게 불렸고 자연스럽게 우리 딸아이 이름 끝 글자만 부른다. 나의 외할머니 외할아버지는 딸들에게 이름으로 부른 적이 없다고 하셨다. 모두 애칭으로 부르셨단다. 이름을 부르기도 아까워 목이 꽉 막히는 애정에 애칭으로 부르셨단다.

잠들기 직전에 쓰다듬고 사랑한다고 말하면 햇자두 같은 두 볼이 봉긋해지고 아빠를 닮은 웃는 입으로 변한다. 눈은 감고 있지만 활짝 웃는 헤보. 헤보는 지방 어르신들이 '헤헤'거리며 웃는 모습을 장난스럽게 부르는 말이다. 전화기 넘어로 종근이 말했다.

"아가 잘자 사랑해 좋은 꿈꿔." 그러자 캔디는 "응, 고마워. 아빠 꿈 꿀게요"라고 했다. 어젠 "부산 집도 좋지만 캔디 집이 더 좋아. 왜냐면 아빠가 있으니까!"라고 말해서 종근을 눈물짓게 했다. 어떤 날은 "엄마 표정이 왜 그래? 시무룩해? 그럼 내가 노래 불러주면 어떨까? 그럼 마음이 좀 나아질 것 같아?"라고 했다.

아가야, 네가 없었으면 우린 정말 큰일 날뻔 했구나. 최대한 다채로운 표정과 과장된 표현들을 아낌없이, 책을 읽을 때도 수천 가지의 목소리로 들려준다. 춤도 추고 깨방정을 떨어주며 역으로 재롱을 피는 우리가 캔디의 어린 시절을 예쁜 색으로 꽉꽉 채워 줄 수 있다면 좋겠다. 말 잇는 아이로 성장해갔으면, 그 이은 말들이 자신뿐 아니라 타인에게도 조화롭고 복된 말이었으면 한다. 네가 갖고 있는 것을 의미 있게 엮어 잘 크거라 아가. 사랑 별, 사랑 달, 사랑해.

노을을 본다는 것

2018. 01. 30.

대기에 미립자들이 만들어내는 해질 무렵의 아름다운 색들은 감상하기에 좋다. 넘어가는 해와 대기는 순간순간 환상적인 색을 만들어내고 우린 넘어가고 있는 비스듬한 현재의 시간을 아쉬워한다. 오늘 하루였든 몇 해 전이었든 간에 사람은 지나가는 시간을 생각하며 그것을 아름답게 혹은 안타깝게 여긴다.

과거를 다시 궁금해하고 회상하고 새긴다는 것, 사진으로 찍고 글로 남기는 것 자체가 노을을 보는 것과 비슷한 것 같다. 특히 아이를 낳게 되면 언제의 하루는 예뻐 죽을 것 같은 그런 날이 꼭 있는데 그날 밤 잠든 아이를 보면서 마음속 노을을 본다. '오늘 이랬는데…' 하며 넘어가는 하루 해를 잡아보고 싶어 한다. 잡을 수 없는 시간이라 그 시간이 넘

162

어가는 순간이 더욱 아름답다. 매일이 아름다운 노을이진 않고 뿌연 하루도 있겠지만 지나고 나서 쌓은 하루하루를 엮어보면 아름답고 맑았다. 대부분 그러했다.

봄 느낌 여름 느낌

2018.12.12.

  추위가 좀 가셨나? 즐거운 겨울이 지나고 있다. 즐거운 이벤트가 있었다기 보다 눈이 올 때마다 쪼르르 달려나가 눈을 만지고 놀던 딸아이가 생각이 자꾸 나서다. 시간은 즐겁든 슬프든 가고 봄의 시간에 들어왔다. 그랬더니 어느새 찬 겨울밤 공기 속에 봄 냄새가 섞여 들어왔고 내내 문을 열어두는 베란다 창문을 잘 시간쯤 닫으려고 했을 때 "아!" 소리가 입 밖으로 튀어나왔다. 내 코에 봄이 내려앉는 순간이었다.

  아직 땅은 꽁꽁 얼었고 들이쉬는 숨이 시림에도 공기에 봄 냄새가 났다. 집 바로 앞엔 산이라 부르기에 애매한 늙은 낮은 구릉이 있는데 분명 그 구릉 틈바구니에 봄 냄새를 몰고 오는 작은 생명들이 움직였을 것이다.

어떤 날은 종근이 출근하고 딱히 바쁜 일이 없던 9시 30분쯤 캔디와 깨서 아침 웃음을 나눌 때, 그땐 계절에 상관없이 습기가 미처 몰려오지 못한 6월 초의 어느 날 같았다. 따뜻함과 시원함이 함께 있는. 사브락거리는 면 이불에 우리의 체온이 남아 따뜻한데, 이제 나이가 차 제법 얌전히 자는 나와는 달리 이리저리 한창 크느라 잘 때도 활달한 우리 꼬마가 차낸 이불 덕에 삐져나온 발끝이나 등이 조금 시원한 느낌.

너는 걱정도 없고 하고 싶은 것도 많은 그런 예쁜 내 딸이다. 6월 하늘의 구름처럼 다양하고 변화 무쌍한 나의 맑은 하늘이다. 사계절을 모두 지닐 만하다. 지금보다 내가 더 어릴 적엔 무조건 무조건 여름에 목말라했다.

추울 때 코끝 시리며 종근 손안에 내 손을 둥글게 말아 넣고 같이 걷는 것이 좋다. 가을에 색이 변한 잎에 대해 캔디가 짓는 동화를 듣는 것도 좋다. 그저 우리의 이 시간이 아까워서 안타까울 뿐이다. 내 안엔 우리 덕분에 봄 느낌 여름 느낌이 항상 가득하다. 순간 드는 감정을 이렇게 풀어놓으면 좀 더 개운하다. 가슴에 맴돌던 것이 눈으로 보인다.

너라는 계절

2018. 12. 18.

내 아기, 너는 우리에게 겨울에 왔지만 따뜻한 봄이고 푸른 여름이며 충만한 가을이자 맑은 겨울이야.

사랑해요, 어여쁜 그대여.

소리 나는 빛

2018.02.26.

집에 있으니 너른 창으로 햇볕이 와르르 들어왔다. 햇볕이 들어온 집
엔 봄 냄새와 집 냄새가 섞여 편안한 기분을 들게 한다. 집에서 나는 냄
새는 잠깐의 일로 만들어지는 것이 아니라 가족의 체취인 것 같다. 베
란다에 꽃이 가득했을 때도 빨래에서 나는 세제 냄새도 가족의 냄새를
가리지는 못한다.

그건 집 안 모든 곳에 빠짐 없이 닿은 엄마 냄새이자 살아온 냄새인
가 보다. 굳이 표현을 하자면 오래된 나무로 만든 장농에, 햇빛에 바삭
하게 말려 놓은 이불을 넣어 둔 냄새와 난꽃 냄새가 섞인 듯한 그런 냄
새다. 이 냄새는 어딜 갔다 다녀와도 집에 왔다는 안도감과 동시에 집
에서 좋았던 추억을 지금으로 가져다 놓는 힘이 있다. 향기라기 보다는

냄새라고 표현하고 싶다. 어학사전을 찾아보면 냄새는 코로 맡을 수 있는 온갖 기운이라고 한다.

거실에는 커튼을 없애 빛이 주저없이 쏟아져 내리는데 그 빛 가에 앉아 걸어 놓은 빨래더미 사이에 앉아 캔디가 놀고 나는 반쯤 누워 게으름을 피운다. 이내 와서는 내 품에서 숨을 한껏 들이마시곤 엄마 냄새가 좋다고 하는 우리 아기.

곧 캔디가 보물찾기를 하자고 했다. 무엇이 보물이냐고 했더니 장기알이 보물이라고 했다. "왜? 왜 장기알이 보물이야"라고 물어봤다. 그랬더니 "장기알이 보물이지. 왜냐하면 내가 보물이라고 생각했기 때문이지. 마음속으로 생각하면 보물이 돼." 캔디의 입에서 소리 나는 빛이 쏟아졌다. 마음속에 무얼 담고 있는지 궁금해 죽겠다.

아무도 없는 집에 둘이 들어왔을 때 갑자기 벽을 보고 인사를 했다.

"안녕 하부지?"

할아버지는 없는데 누굴 보고 인사를 하느냐고 물었다.

"하부지가 있자나. 마음속에 하부지가 사니까 하부지한테 인사한 거야."

이렇게 나는 매일 시를 듣고 또 시를 쓴다. 그것은 소리 나는 빛이다.

예쁘게 봐서 예쁘다

2018.03.01.

네 삶의 순간들 내가 예쁘게 본다. 예쁘고 귀하다.

아기 별똥별

2018. 03. 13.

하늘 보는 사람들의 핏줄이 이어져 아기일 때부터 아기띠에 안아 여름이었던 나날들은 옥상에서 월식도 보고 별도 보고 야근하는 아빠를 마중하러 놀이터 미끄럼틀에 앉아 별을 세었다. 어느 날의 겨울 시리우스를 보고 "아빠다!"라고 외쳤다. 그러자 아빠는 "그럼 엄마는?"이라고 물었고 아기는 "엄마는 젬마야. 그런데 지금은 안 보여"라고 대답했다. 두 발 앞에 걷던 내 귀에 껄껄 웃음소리가 들렸다. 나는 아이에게 아빠가 왜 웃느냐고 물었는데 "아빠는 시리우스, 엄마는 젬마, 나는 아기 별똥별이야. 그건 별똥별로 태어났기 때문이야"라고 해서 아빠가 웃었단다. 별똥별은 우주에 대해서 알려주고 사람의 소원을 들어주는 그런 귀한 존재야. 사실이든 아니든 믿는 사람에겐 그렇지.

제 철 사 랑

2018.03.15.

　손에 닿지 않는 하늘만은 새파란 겨울, 주변은 온통 채도가 낮은 겨울에 대비되도록 유난히도 빨간 딸기가 난다. 조막손에 담뿍 들어오는 커다랗고 때로는 조그만 딸기는 아무리 그 양이 충분한들 대부분 아이 입으로 들어간다. 나 역시 가장 좋아하는 과일이 딸기와 복숭아이지만 어여쁜 내 딸 입으로 들어가는 순간이 더 좋다.

　겨울 제철 음식은 뭐니 뭐니 해도 우리 아이에게는 딸기가 그만이다. 새콤하고 달콤하고 말캉한 듯 단단한 딸기는 나에게도 귀여운 추억이 떠오르게 한다. 딸기 한 바구니를 동생과 함께 앞섶에 딸기 물이 들도록 설탕에 푹 찍어 비웠다. 힘 조절도 못하고 먹을 때 옷에 다 줄줄 흘리는 어린 나이의 꼬마는 하얀 설탕이 딸기 물에 분홍이 되고 덩어리가

지도록 정신없이 먹었다. 어른들은 먹지 않았다.

크는 순간에는 필요한 것이 있다. 내 젖, 내 품, 내 손, 내 눈, 내 귀….
제철 사랑에는 성과가 있다. 별것 없는 하루에도 순간순간 사랑을 담뿍
적시면 콩나물 크듯 크는 게 아이다. 내 나이 30대 한창 아이를 기를 때이
기도 하고 한창 일을 할 나이기도 하다. 임신도 육아도 모두 합의된 선택
이었고 이제껏 모르던 세상을 하루하루 만끽하고 있지만 문득 설거지를
하는 도중에 슬퍼지기도 했다. 둘 다를 원했지만 선택을 해야만 했다.

그래서 자주 그랬다. 눈물도 났다. 그런데 그 쓰린 감정에 대상이 없
다는 게 이상한 거다. 사랑받는 가정에서 컸고 나를 사랑해주는 남편이
있고 또 가족이 든든하게 있지만 채워지지 않는 무언가가 있었다. 흐르
는 시간을 반으로 쪼갤 수 없기에 일을 선택하고 아이를 포기한 나의
삶은 상상이 잘 안 된다. 그 삶을 상상하자면 얻지 못한 아이를 갖기 위
해 노력했을 수도 있다.

내게 주어진 시간의 끝에 뭐가 남을지 앞으로 어떤 기회가 올지 모르
겠지만 한 가지 확실한 것은 좋은 엄마로서 내 모습을 사랑하고 주어진
삶에 최선을 다하는 사람이 되기로 했다는 것이다. 매일 생각이 엎치
락뒤치락하면서 마음으로 울었다가 웃었다가 감정이 휘몰아친다. 내가
말하고 싶은 것은 사춘기가 그 시기에 당연하듯 20대의 고뇌가 당연하
듯 인생에는 제철에 맞는 고민이 늘 있다는 것이다.

아이의 바다

2018.04.13.

아가, 네가 있는 풍경이 어디든 간에 의미가 있다. 모래성을 만들며 노는 널 보는 순간이 우리에겐 무척 아름다웠다. 귓가에 들리는 바람 소리는 성가시지 않았고 내 기분이 어땠는지 상관없이 모든 순간이 좋았다. 아가, 너가 원할 때 언제고 이 바다에 데려갈 순 없겠지. 너에게 조금 힘든 산행도 너가 원할 때 언제고 데려갈 순 없을 거야. 창을 열면 보이는, 뛰어나가 놀 백사장도 우리 동네에는 없어. 하지만 우리 가족이 함께 있는 곳이 너에게 가장 편안하고 행복한 곳이길 진심으로 바랄게.

어린아이에게 여행은 기억이 나지 않는 아득함일 수 있지만 부모에게 어린아이와의 여행은 그렇듯 인생에 더없이 큰 장면을 차지한다.

엄마가 없어서 엄마가 있어서

2018.04.16.

4월부터는 어린이집에 보냈다. 그간 아이를 전담해서 돌보느라 나도 정말 많이 지쳤지만 그만큼의 행복한 시간과 예쁜 모습을 엄마인 내가 고스란히 보았다는 것은 생애 다시 없을 값진 시간으로 여긴다. 집에서 아이를 보는 동안 생각보다 평안했다고 해야 될까. 잔잔하게 힘듦과 행복이 밀려왔다 밀려가는 파도 같은 시간이었다. 하루하루는 붙잡는다고 늦게 가지도, 재촉한다고 빨리 가지도 않았고 그사이 웃음으로 채워 아이를 이만큼 키웠다.

아이와 합이 잘 맞은 날은 이 정도면 육아의 달인인 듯 용기 충만한 날들도 있었고 아기가 부정적인 감정을 더 많이 비출 때는 '역시 난 모자란 인간인가.' 하는 의기소침한 날도 있었지만 애초에 걱정했던 것보다 안정적이고 평화로웠다. 일희일비란 말이 딱 맞았다.

그래도 네살에 어린이집에 보내기로 한 결심을 바꾸지는 않았다. 어린이집 첫 주는 함께 갔다가 함께 왔기에 멋모르고 지나갔다. 둘째 주부터는 드디어 힘든 시간이 왔다. 어린이집에 가기 싫은 이유를 자꾸만 댔고 자기 전에, 자고 일어나서 행복해야 할 시간에 걱정과 짜증과 울음과 엄마 없이 낯선 곳에서 시간을 보내야 하는 두려움으로 아이는 훌쩍였다. 어린이집에 가기 싫고 엄마랑 있고 싶다고 했다. 엄마가 없어서 싫다고 했다. 전담 육아는 그러한 모습도 전부 내 차지였다. 어찌 이리 마음이 아플까.

30분을 어린이집 앞에서 울어 내가 안고 있었던 날, 캔디가 그랬다.

"엄마 하늘이 내가 좋아하는 파란색이야. 분홍색도 있었는데 그치. 엄마한테 안고 있다가 하늘이 분홍색이 되면 들어갈게."

나름대로 감정을 추스리고 제안하는 모습이 한편으로는 기특했다.

오늘은 어린이집에서 오전 시간을 보내고 함께 하원 후 길가에 핀 민들레를 따라 징검다리 놀이를 하는데 "엄마 나 힘들어, 피곤해. 저기 하트 있는 곳까지 가면 안아줄 거죠?"라며 기댄다. 집까지는 금방이지만 또래 사이에서 알게 모르게 마음이 힘들었을 터라 한 팔에 둘러앉고 한 팔에 가방을 받아 든다.

점심을 먹고 낮잠을 재우려고 같이 누웠다. 가까이 숨이 느껴질 정도로 얼굴을 마주 대니 싱글 웃으며 오늘 있었던 일을 말했다. 안정이 되나 보다.

"오늘은 나가서 새싹도 봤어! 저번보다 이만큼 더 컸더라."

그 한마디에 잡고 있던 아이 손을 부비적거려 보았다. 우리 집 새싹도 이제 제법 내 손안에 찰 만큼 자랐다는 것이 새삼 느껴졌다.

가만히 누워 있는 아이를 본다. 공기 맑은 날 나가서 놀았던 해의 흔적이 아이 피부에 그림자처럼 남았다. 이리 봐도 예쁘고 저리 봐도 예쁘다. 볼을 만지니 눈을 반쯤 뜨고 웃는다.

"더는 안 돼, 이제 낮잠 자야 해."

"내 눈에 해가 있는데 왜 자. 밤도 아니잖아."

아쉬운 소리를 해가며 자지 않겠다고 한다.

"아가, 그럼 우리 꿈나라에 가서 놀자. 또 같이 놀자 우리 아가."

"꿈나라는 어떻게 생겼어?"

캔디의 물음에 "그건 캔디가 원하는 모양으로 생겼지"라고 답했다. 다시 돌아온 캔디의 말은 "아아 엄마랑 아빠랑 있는 우리집 같이 생겼구나아"였다.

'내가 너에게 집 같은 엄마가 되고 싶어. 언제든 네가 가장 돌아오고 싶고, 돌아올 수 있는 곳. 마음이 편안해지는 이곳 말이야.'

자는 아기를 가만히 보고 있자면 그 짧은 시간에도 하루의 모습이 파노라마처럼 지나간다. 가까이 자는 아이의 체온과 숨이 따뜻하다. 팔딱이며 빠르게 뛰는 심장에 손을 대 보면 "으음." 하고 뒤척이기도 한다. 흙을 만지고 놀았던, 고양이를 안았던 너는 행복했을까. 내가 미처 발견하지 못한 껄끄러움은 없었나. 그 꺼끌거림이 혹시 작은 가슴에 상처를 내진 않았나 생각한다. 다짐만큼의 꽉 찬 하루는 드물지만 내가 널 사랑하는 마음만큼은 행동으로 보여주려고 노력한다. 오늘의 네가 내일의 네 울음을 자연스럽게 흘려보낼 만큼 사랑받은 아이였기를.

가닥

2018.04.18.

부모의 몸에서 나왔지만 사람은 모두 다르다. 가닥은 타고난다. 남편의 셔츠를 다리고 있자니 내가 살림하는 것을 좋아한다는 걸 깨달았다. 누가 보기에도 예쁜 집은 아니지만 내가 보기에 예쁜 집이고, 살림도 '됐어. 완벽해.' 정도는 아니지만 '이만하면 잘했다'가 되었다. 게을리하면 바로 티가 나지만 그래도 살림은 누구와도 경쟁할 필요가 없고 시간껏 가꾸면 되니 더 좋다.

취향이 없는 사람은 없듯이 집에 사는 사람들의 냄새가 집에 밴다. 그래서 우리 아가는 엄마 아빠의 냄새를 집에서 느끼고 안정을 느낀다. 조금 집순이 기질이 보이는 우리 아기를 보자니 더 집을 잘 가꾸어 건강한 텃밭으로 만들어야겠다는 생각을 했다. 집에 오면 먹을 것이 있고 엄마가 있고 말끔하고 해 냄새가 나는 이불이 있으면 우리 아가가 행복할 것 같다. 내일 입을 옷이 깨끗이 준비되고 온기가 있는, 돌아오고 싶은 집이면 좋겠다. 수건 한 장 서랍장에 저절로 놓이는 법 없고 양말 한 장 그냥 깨끗해지는 법 없다. 살림의 수고로움은 바깥의 일만큼, 아니 더한 정성과 시간이 들어가는 법이다.

초록색 씨 큰 거

2018.04.19.

"엄마 그거 뭐지? 초록색. 씨 큰 거."

"아보카도?"

"어, 맞어 아보카도."

씨 큰 거, 그 말이 너무 우스웠다. '씨'도 아니고 '시'도 아니고 그 중간 발음으로 단호하게 말하는 투가 귀여워서 웃음이 났다.

가게에서 두어 망을 고른 뒤 최종적으로 아이가 고른 걸로 산다. 그럼 선택의 으슥함을 느끼고 흥얼거리는데 그 모습을 보는 것이 큰 즐거움이다.

아침 생각

2018.04.20.

캔디는 커피숍을 '커피숀'이라고 발음하는데 여름이면 매일 한 시간 씩 가 있던 '커피숀'이 있다. 커피숍 바로 앞은 어린이집이었다. 한여름, 커피와 내 얼음을 나눠 먹을 때면 통 유리창 너머로 즐거운 아이들의 모습이 보이곤 했다. 거기서는 앞마당에서 물놀이를 할 때도 있었고 나뭇잎 놀이를 하기도 했다. 어린 우리 딸은 저도 어린이집에 가서 섞여 놀고 싶어 했지만 아마 엄마와 떨어질 거라곤 생각하지 않았나 보다.

목요일과 오늘은 괜찮았다.

"엄마 어린이집 갈 때 안 울게요. 웃으면서 갈게요."

자꾸 그 말을 했다. 입 밖으로 하는 그 말은 아마도 스스로 하는 다짐 이었으리라. 괜찮다 하는 날도 안심보다 찡한 마음이 먼저 들었다. 다들 겪는 과정이라는데 그 말이 나에게는 와닿지 않았다. 내가 겪는 이 과정이 힘든 게 대수였다.

부드럽고 잘 웃는 선생님은 아이들 적응은 원래 1년 내내 걸리는 거라고 하셨다. 그 말에 마음이 좀 놓였다. 벌써 20일. 선생님은 그간 나를 안심시키느라 애썼다. 아침에 말갛게 예쁜 옷을 입혀 안고 등원을 시킨다. 가는 동안 볼도 부비고 자꾸 거부하는 뽀뽀도 해주고 사랑한다고 수도 없이 말하지만 마음은 자꾸 이상하다. 그 시간에는 정말 많은 어린아이가 할머니나 엄마의 손을 잡고 등원한다. 어떤 마음일까?

어머니는 종근을 다섯 살 때 보냈더니 가는 길로 다시 집으로 돌아왔다고 했단다. "왜 벌써 온겨?"라고 물었더니 종근은 오늘 유치원이 빨리 끝났다고 했다. 그 길로 어머니는 유치원에 보내지 않으셨고 그 이듬해 보냈다고 하셨다. 그때 종근이 스스로 준비가 되었나 보다.

나는 여섯 살 때 유치원에 갔고 첫날이 기억난다. 노란색을 싫어했는데 원복이 노란색이었다. 항상 키 큰 아이였던 나는 언제부턴가 원복이 짧게 느껴졌는데 그것도 싫었다. 주말마다 가족끼리 나들이를 갔는데 그건 무척 행복했다.

젖을 떼는 일도 기저귀를 떼는 일도 그냥 때가 돼서 자연스레 넘어갔다. 처음 젖을 떼는 시도를 했을 때는 또 한바탕 눈물바다가 되어서 이틀을 못 가 포기했다. 그다음 18개월 끝무렵 선명한 울음 없이 지나갔다. 기저귀를 떼는 것도 팬티를 입겠다 하여 그러라고 했고 밤에도 팬티를 입고 자겠다 해서 그러라고 했다. 그러니 저가 원했어도 어린이집 적응이 힘들면 보내지 말자고 다짐을 하던 참이었다.

하루 세네 시간 떨어져 있는 것도 아이 마음이 허전할까 걱정된다. 밥은 잘 먹는지 오전 중에 울음은 얼마나 있었을지 웃음은 또 어떤 웃음일지 궁금하다. 아침마다 하는 "잘 헤어졌다가 다시 만나자"는 다짐. 소용이 있는 걸까? 단단하게 웃으며 돌아 나와야 했지만 내 표정은 아무것도 숨기지 못했다. 발걸음이 떨어지질 않아 집으로 향하지 못하는 날들이 이어졌고 통 유리창 카페에 앉아 나는 아마도 얼굴에 심각한 표정을 장착하고 아이가 힘겨워한다면 언제든지 안고 나올 준비를 하고 있었으리라. 예상은 했지만 예상보다 더 어른 아이 할 것 없이 눈물 콧물범벅이었다.

갓 태어난 아기 머리털 같은 새순이 여기저기 삐죽이 자라는데, 그 신록의 봄날을 마음껏 만지며 놀게 하려고 했는데 미세먼지 탓에 나쁜 공기는 바깥 활동을 허락하지 않았다. 그래서 또래들과 함께 느끼는 봄은 어떨지, 엄마와는 다른 어른이 들려줄 봄 이야기는 어떤 것일지 다른 즐거움을 느끼게 해주고 싶어 어린이집에 보내기로 한 것도 있다. 그런데 어린이집을 보내고 나니 아이만 내 눈에 밟혀 그렇게 아름답던 우리 동네가 눈 속에 들어오지 않았다. 신록에 대해 온갖 찬양을 하며 콧노래를 부르던 나는 마른 봄 땅에 눈물을 뿌리면서 그렇게 사라지는 것만 같았다.

"언제 요일 되면 어린이집 안 가?"

요일을 세 가며 사는 삶의 시작을 이르게 시킨 것 같아서 마음이 이상하다.

때가 되면 교복을 예쁘게 다려 입힐 날이 오겠지. 다림질을 잘 못하는 나로서는 큰일이다. 불쑥 커 어른의 말을 반쯤 하는 날이 반드시 올 텐데도 나는 아는 만큼 보여, 속으로 발을 구르며 어쩌지를 남발하겠지만 겉으로는 평안한 척해야 되는 부모가 될지도 모른다.

엄마는 요리사라고 하면서 엄마가 만들어주는 것이 최고라는 우리 아가가 우리의 온기를 담고 자라 언제든지 어릴 적 가고 싶은 기억으로가 그때 에너지를 꺼내 볼 수 있는 마음 튼튼이가 되기를 바란다. 한 계단 한 계단 커가는 아직 세 살 조금 넘은 네 살. 앞으로 20년을 더 키워도 겨우 어른이 될까 말까겠지.

매일 더 사랑한다는 것만 알아줘도 좋겠다. 우리는 30년 차이니까 더 산 내가 늘 이해해줘야 한다. 어느 날 엄마를 이해 못한다고 하는 날이 올 때, 그렇게 말하는 것까지도 내가 이해해줘야 한다. 어린이집에 아이를 보낸 이 아침 무슨 생각이 이렇게 많은 건지 모르겠다.

라일락 향기

2018.04.25.

네 번째 봄. 네 번째 라일락. 나에게는 서른 네 번째의 라일락일지라도 우리에겐 네 번째다. 연보라색 라일락 나무 무리에 고양이가 앉아 있었다. 그 고양이를 조심스럽게 구경하려 했지만 "안녕 야옹이야!" 하는 소리에 놀라 가버린 흰 고양이를 다시 그곳에서 볼 수는 없었다. 그리고 다시온 봄엔 사랑표 모양의 작은 잎들이 돋더니 하얀 라일락이 피었다.

실은 그 연보라색 라일락 나무를 짧게 베어버려 올해는 못 보나 했다. 보라색이 주는 차분함이 분명히 있다. 거기에 노곤하고 달콤한 향이 더해지면 그 자그마한 네 꽃잎을 가진 통꽃이 빛나는 것 같다. 아기가 쉽게 만질 수 있는 높이에 있어 코를 대고 들숨에 맡아야 하는지 날숨에 맡아야 하는지 모를 만큼 아기 때도 웃으며 꽃에 볼을 부볐다. 바람이 불면 더 명확히 향이 났다. 꽃도 바람을 이용하나 보다. 윙윙 벌 소리가 나지만 그래도 조심히 꽃 옆을 맴돌았다. 만지고 부비고.

예쁜 모습에 향기로운 향까지 완벽한가 했지만 아이의 말이 더해져 그 찰나가 완성되었다.

"엄마 냄새 나. 꽃잎 냄새."

꽃잎 냄새가 나에게 난단다. 아이는 온갖 좋은 것의 모음 같다.

햇빛 자리

2018.05.08.

아이의 어린이집 생활은 이십 일을 들여 아직도 적응하고 있는 중이다. 저 마음속에, 그곳은 아빠처럼 출근해야 되는 곳이라고 정해두었나 보다. 아침에 창문으로 보이는 하늘이 청명히 푸르다면 손잡고 걸어서 등원한다. 요즘은 미세먼지가 걷혀 아침 공기가 맑아서 함께 걷는 일이 퍽 자주 있다. 아직 짙어지지 않은 얇은 여린 잎들에 아침의 해가 자리하면 벅찬 마음이 든다.

비바람이 속 시원히 내린 오전 시간이 가고 비가 그쳤다. 어젯밤 그렇게도 아까시꽃 향기가 집 안으로 들어오더니 오늘 향을 다 씻어내릴 기세로 세찬 비가 내렸다. 해는 안 나지만 빨래는 빼놓을 수 있는 일이 아니니 수건과 아기의 속옷들을 삶았다. 탁탁 털어 널고 창을 열어 놓

194

는다. 쨍한 해가 나올 때처럼 바짝 마르지 않겠지. 괜찮다 서서히 말라라. 이제 비가 그쳤으니 말간 공기야 진득하게 아까시향을 다시 몰고와 우리 아가 자그마한 캐미솔에 솔솔 배게 해주렴. 봄바람 담긴 속옷을 입고서 작은 따뜻함을 온종일 가졌으면 좋겠으니까.

새소리처럼 내 다리 곁에 조잘이는 아이의 목소리가 참으로 행복하다. 온통 푸른 가운데 아이의 볼만은 복숭아 색으로 발갛다. 아침에 드리우는 비스듬한 햇빛 자리는 낮은 내 마음을 깊숙이 비추어 행복하게 한다. 고즈넉하고 조용한 오래된 우리 동네는 시간에 따라 햇빛 자리가 다르니 아침에 걷는 맛이 좋다. 구릉 아래 동네는 흙 내음과 나무 내음을 그대로 집 안으로 몰아준다. 아이 키에 맞게 오는, 낮은 아침 빛이 눈부시다고 불만을 말하는 아이에게 분홍색 모자를 씌우고 걷는다.

서양민들레가 질즘 한라민들레가 만발한다. 어디서든 어느 틈에든 생명을 내리는 모습이 보기에 좋다. 우리 아이는 민들레 홀씨만 보면 꺾어 불었다. 나는 딱히 말리지 않았지만 어린이집 선생님이 꺾으면 안 된다고 가르친 뒤로는 잘 안 꺾는다. 아는 한 많은 식물의 이름을 일러주고 모양을 유심히 관찰해본다. 식물마다 씨의 모양도 다 다르다는 것을 알고 홀씨가 되어 날아가면 그것이 나무가 된다고 주장한다. 그 의견에 반박을 하면 세상 천지 억울하다. 무엇이든 하나라도 더 알려주고 싶은 부모 마음이다.

밤빛에는 별을 보고 낮 빛에는 걷는다. 함께인 시간이 커가면서 줄겠지만, 줄 수 있는 한 우리의 시간을 많이 준다. 마음에 햇빛 자리가 시시각각 다르겠지만 잘 드리우는 때를 기억해, 속 깊은 곳 어둠이 몰려와 괴물이 올까 무서울 땐 밝은 곳으로 밝은 곳으로 찾아 안식할 수 있기를, 네 유년기가 반드시 행복하기를 내 인생 최대의 진심을 걸고 바란다.

미안한 마음이 드는 이유

2018.05.09.

왜 아이에게 이토록 사랑을 주면서도 미안한 마음이 들까. 그건 아이의 세상이 온통 부모이기에 그 세상을 잃지 않으려고 노력하는 모습을 보기 때문인 것 같다. 아이의 사랑이야말로 이유 없이 무조건 적이다. 그것이 생존을 위해서건 무엇이건 간에 아이의 사랑은 절대적이다. 아무리 혼이 나고 울어도 아이가 가장 사랑하고 신경 쓰는 대상은 엄마 혹은 아빠다.

아이의 세상에 다른 무언가가 들어오기까지는 적어도 10년 이상의 시간이 걸린다. 그간에 온통 귀여움투성이로 살아남으려는 방법은 부모를 향한 무조건적인 사랑이다. 그래서 늘 미안하다. 아이의 모두는 특히 엄마인데 어제 남은 반찬을 주거나 해놓고 오래된 밥을 주거나, 입가에 과자를 묻혀 놓거나 더러운 옷을 입고 있거나, 그냥 그런 모습들이 다 나의 관심과 손길이라고 생각하니 애잔하다. 모든 모습이 내 손길이어야 해서, 어린 세상이 모두 나를 향해 있지만 나는 그렇지 못했을 때 나를 제치고 아이를 돌봄에 지체가 생겼을 때 미안하다.

뒤돌았을 때도 나를 보고 있을 아이의 생각에 미안하다. 그런 것 같다. 이 기억은 오래 각인되어서 아이가 성인이 돼도 지속하는 것 같다. 아이를 사랑하는 만큼 행동해주지 못해, 그런 희생의 각오가 덜 되어 있는 것 같아서 삐둘어진 모성의 미안함이 핀다. 나는 나도 무척 중요하고 사랑하고 오히려 더 중요하다. 괜찮다고 스스로 다독이며 이러며 저러며 큰다는 걸 알면서도 사랑이 일그러져 미안함이 피어난다.

식사 만들기

2018.05.11.

아이가 36개월 이상 되고 나서 밥을 잘 챙겨 먹는 여유가 약간 생긴 것 같다. 이유식 시간이 지나고 드디어 어른이 먹는 자극적이지 않은 식사를 함께 하는 시간이 왔음에도 아직 네 살이다. 아이가 아프면 먹는 것을 더 신경 쓴다. 왜 아팠을까 원인을 찾으려 하며 한편으로 돌봄에 미처 막지 못한 틈이 생겨 아픈 건 아닌가 하고 죄책감을 갖는다.

기침이 뚝 떨어지는 어머니표 무국을 전수받고 엄마의 갖가지 음식을 배워도 천천히 느린 식사를 만든다. 참, 우리 할머니는 무를 쓸 때는 푸른 부분이 더 맛이 좋으니 직접 먹는 부분은 푸른 부분을, 맛 국물을 우려 낼 때는 밑둥을 쓰라고 하셨다. 계속해서 사랑의 마음과 '맛있어 져라'는 염원을 담아 즐겁게 하려 한다.

여전히 아기지만 누가 봐도 아기였던 시간엔 뭘 느긋이 만들 시간이 없었다. 음식을 만드는 데는 아주 긴 시간이 필요하고, 숙달되어 뚝딱 만들어내기에는 내공이 부족했다. 손으로 무언가를 만드는 걸 아주 좋아하는 나로서는 이 모든 일이 이제 한시름 놓고 여유를 느끼며 즐거운 마음이 든다. 식재료를 버림 없이 모두 깨끗이 소진했을 때 굉장한 뿌듯함이 퍼지고 천천히 음식을 만들어 아이 입에 꼭꼭 넣어 주는 결과를 생각하며 즐겁고 건강해지기를 소원한다.

우리의 품을 떠나도 엄마의 밥이 생각나게끔, 또 돌아왔을 때 순식간에 한상 차려 줄 수 있도록 나는 계속 나날을 쌓아간다. 내 나이에서 할 수 있는 최선에 세월을 앞질러 간 고수 엄마들의 밥상을 부러워하지 않고 공들여 연습한다.

세월에 맛은 더 좋아지고 여유가 더 생기겠지. 국을 끓이며 재료를 썰며 숨 쉬듯 아이를 지켜봐야 하는 지금과 달리 어른으로 커 가는 아이를 여유롭게 두면서 맛있는 밥을 만들어내는 엄마가 되어가는 매일을 보낸다.

천천히 가족의 식사를 만든다. 엄마들 각자의 시간과 노력은 다르겠지만 비슷한 마음으로 밥상을 내니 세상 아이들은 커서도 내 엄마의 밥을 그리워한다.

다른 빠르기

2018.05.17.

51센티미터에 2.9킬로그램으로 태어난 내 아가는 몸과 마음이 크는 속력이 다르다. 키가 크고 말이 무척 올되 네 살인지 아닌지 놀랍기도 하지만 그러나 마나 마음이 자라는 속력은 여느 아이와 같다. 신체가 또래보다 크다고 해서 마음이 그만큼 더 성숙한 것은 아니다. 말을 잘 해 똑똑해 보인다고 해서 아직 어리디 어린아이에게 마치 큰 아이를 대하듯 실수 해서는 안 된다.

원에 다니기 시작하고서는 아프지 않던 아이가 콧물이 계속 났다. 1년에 한두 번 병원에 갈까 말까 한 아이였는데 처음으로 진기침에 힘들어했다. 아픈 건 겪고 나면 으레 나아지기 마련이라 큰 걱정은 아니었다. 어린이집에 4시간 동안 있어서 4시간의 여유가 생길 줄 알았지만 하루에 아이에게 쏟는 에너지는 같았다. 어린이집에 보낸 오전 내내 마음을 턱하니 놓지 못했고 놓지 못하는 그 마음에 전전긍긍 에너지를 쓰고 있었다. 그러고 나면 오후 1시부터는 또 내 에너지가 바닥이 날 때까지 돌보아야 했다.

불현듯 아이는 "엄마가 내 옆에 있다고 생각해"라는 말을 했다. "뭐라고?" 이해하지 못해 되물었다.

"어린이집에 가면 엄마가 없어도 엄마가 내 옆에 있다고 생각한다고. 어린이집에 가면 엄마가 없어서 슬퍼. 어디서 기다리는 거야? 문밖에서? 계속 엄마가 생각나서 슬퍼."

그러면서 큰단다. 어른들이 하는 '그러면서 큰다'는 말. 아직까지 그러면서 커야 하는 것이 마음 아프다. 원에 다니면서 몸도 마음도, 아프고 낫기를 반복하고 있다.

자고 있는 아이를 보면 언제 이렇게 길어졌지 싶으면서도 새근거리는 얼굴을 보면 보동보동한 아기인데 나는 무엇하러 화를 냈는가 싶어 자기 반성을 한다. 화를 내지 않으면 쌓여서 내가 우울해지고 화를 내면 미안해진다. 아이가 크는 속력보다 내가 성숙한 한 사람이 되는 속력이 느리다. 함께 잘 크기에는 연습할 시간이 없고 연습할 여유가 없는 시간에는 늘 아쉬움이 있다. 빠르기가 달라서 삐그덕거리는 것 같았다.

어제 종근은 나의 죄책감을 덜어낼 변명 아닌 변명을 들어주면서 "캔디가 없으면 살 수 있어? 난 하루도 못 버텨. 다인이 없으면 1초도 못 살아"라고 했다.

내가 잘하고 있나 의심이 들수록 캔디에게 "날 사랑하느냐"고 묻는다. 아가에게 "네가 가장 사랑하는 사람은 누구냐"고 묻는다. 그러면 단 한 번도 다른 대답을 내놓은 적 없는 40개월은 "엄마 아빠 캔디!"라고 한다. 혼이 났을 때도, 슬플 때도 이 작은 사람의 대답은 같다. 자식은 부모에게 본인을 사랑하느냐고 묻지 않는다. 자식에게 부모의 사랑은 너무 당연한 것이고 자식의 부모 사랑은 계속 갈구해야 되는 것인가? 작은 아이에게 수시로 물어본다. 제일 사랑하는 사람이 누구냐고. 원하는 대답을 잔뜩 기대하면서 말이다.

아기야

2018.05.24.

멀 줄만 알았던 순간들이 지나간 시간이 되었다. 젖먹이인 줄 알았던 아기가 또박또박 네 의견을 말하는 나이가 되었다. 행복한 순간은 쏜살같이 지나가고 오지 말아라 했던 순간은 더디게 흐른다. 내 인생이 아까워서인지 어리고 귀여운 네가 자꾸만 커서인지 모르겠다만은 하루하루가 아쉽다.

아기 너는 오늘도 반짝이고 예쁘다. 우리가 함께한 이 시간이 천천히 흘렀으면 하지만 넌 자꾸 어서 어른이 되고 싶다고 했다. 네가 어른이 되면 나는 할머니가 될 텐데 그래도 괜찮으냐고 했더니 괜찮단다. 자식을 낳은 순간 우리의 시간은 차츰 밀려나 너의 세대가 주가 되겠지만 여전히, 앞으로도 어여쁘고 건강한 부모가 되기를 소망한다.

너의 한마디에 한없이 걱정하고 또 한없이 날아갈 것 같다. 나만의 결정일 때는 욕지거리 거나하게 내뱉고 치워버릴 수 있는 것들이 태반이지만 너를 위한 결정을 해야 할 땐 그럴 수가 없다. 숱한 내 모습 중에 거울이 될 성싶은 모습을 보여주기 위해 나는 다정하고 다정하고 한없이 다정하고 차분한 엄마다.

내가 딸의 역할이나 누나 혹은 친구, 사회인의 모습을 넌 보지 못할 수도 있다. 네가 아는 내 모습이 다가 아니듯 부모로서 너의 모든 것을 멋대로 단정 짓지 않기 위해 노력할 것이다. 너를 키우는 모든 이의 말을 경청하려고 한다.

아기야, 너는 참 예쁘고 귀해서 내가 어찌할 바를 모르겠다. 내 고등학생 시절 어느 과목 선생님이 네 살인 아들을 잃었다고 하셨다. 감수성이 예민한 꽃다운 나이였지만 듣는 순간 슬펐으나 이내 속으로 아이는 또 낳으면 되지 했다. 그 순간이 이따금 생각나 그런 생각을 한 나를 후회하고 호되게 나무란다.

아이란 그렇다. 낳지 않으면 절대 모를 세계다. 허나 너에게 아이를 낳아라 마라 절대 말하지 않겠다. 그것은 인생을 송두리째 뒤집을 일생일대의 가장 큰 사건이기 때문이다. 결코 쉽지 않은 것이 아니라 한없이 어려운 일이다. 두 번째 아이는 없다고 생각하지만 너에게 동생이 없다는 것이 또 미안하다. 동생이 있다면 하나인 나를 둘로 쪼개서 둘을 키워야 할 테니 그것 또한 미안하겠지.

　나의 마음은 그렇다. 단단한 듯 보이나 튀긴 두부 마냥 그렇다. 그렇지만 내 목숨 줘 가며 널 키울 가치가 있다. 너는 사랑, 내 인생 최고의 사랑이다.

불 같은 사랑

2018.06.04.

서로를 발견해서 같이하기로 한 시간이 9년이 되었다. 우리 사이에는 귀여운 딸이 생겼고 불같은 사랑이 번졌다. 너무 뜨거워 어쩔 줄 모르던 시간이 가고 활활 타는 벽난로처럼 적당한 선이 어디인지 배워간다. 아직 데기도 하지만 평생 온도를, 거리를 맞춰간다. 꺼질 즘 다시 장작을 넣고 또 꺼질 즘 장작을 넣는다. 캔디가 우리의 딸인 시간에는 아이가 데지 않을 만큼 최대한 뜨끈하게, 언젠가 될지 안 될지 모르는 조부모가 된다면 놀다 들어온 꼬마가 몸을 찬찬히 녹일 수 있을 만큼, 불이 꺼지지 않게 둔다. 불씨는 남겨 두되 너무 뜨겁지 않게. 언제고 장작을 넣으면 또 타오를 만큼.

결국 나

2018.06.11.

　마침내 엄마가 되기로 한 결정을 한 후 세상으로 나온 아기를 키우며 수 없는 감정의 소용돌이에서 시궁창 같은 기분도, 인생이 너무 아름답다는 기분도 들었다. 여전히 한켠에는 아이를 낳기 전후의 변한 상황에 갈피를 못 잡고 겨우 정신만 잡으며 보냈던 하루들이 많았다. 쉬는 것을 두려워하게 만드는 사회적 상황은 아이가 우리에게 준 시간을 오로라 빛으로 채우려 할 때마다 걸림돌이 되었다.

　다각도의 입체적인 내가 있는데, 한 면으로 단정 지어 엄마가 아닐 때의 모습을 하염없이 그리워하거나 지나치게 확대하고 있는 게 어쩌면 어리석은 게 아닌가 싶을 때가 있다. 사회적 역할은 하나가 아니다. 가장 이상적인 모습만 바라는 것은 욕심이 지나친 것 같은 생각이 들었

211

다. 욕심이 크면 이루지 못했을 때 상실감도 그만큼이라는 것을 알면서도 쉬이 놓지 못했다.

바깥일을 구현하지 못하는 상황에서도 변하지 않는 딸, 엄마, 아내, 글 쓰는 나, 가르쳤던 나, 배웠던 나, 무엇보다 지금 행복한 내가 있는데 아쉬운 감정에서 조금 돌아서도 좋을 것 같다. 여전히 어떤 역할로서든 사회 구성원이고 나를 한 모습으로 단정 지으려는 무언가 때문에 괴로울 필요는 없다. 현재를 차곡히 만들어가는 것이 나를 바라보는 자식에게도 좋다. 나의 현재는 어린아이를 기르는 엄마다. 내 아이의 성장이 곧 나의 성장인 셈이다.

한없이 무너지려 할 때 자신 속에서 꺼내 볼 무언가가 필요하다는 뜻이다. 그것은 제일 근사해 보이는 하나 말고 여러 개일수록 좋다. 양극밖에 없는 시소 같다면 금방 균형을 잃고 쓰라림을 맛봐야 한다. 이십 대의 몸매가 그리우면 운동을 하고, 다독을 했던 때가 그리우면 하루에 한 페이지라도 읽으면 된다. 우리는 모두 갈대고 바람에 따라 나부낄 수 있다.

올 첫 복숭아

2018.06.19.

계절 초입에 나오는 제철 과일은 비싸다. 그래도 여름 과일들은 나오자마자 꼭 산다. 집에 조막만 한 아이가 없었다면 안 그랬겠지. 부산본가에 와 있을 때는 엄마의 덕을 듬뿍 본다. 처음 보인 털복숭아를 "숭이다!" 하며 덥석 샀다. 아침에 먹을 생각에 우리 딸 주먹 두 개만 한 복숭아 두 개를 씻었다. 아무렴, 지금 나오는 첫 숭이는 작고 옹골차다. 장마 전 복숭아라서 물도 덜 먹고 햇살도 덜 먹지만 그래도 첫입이라 꿀맛이다.

나의 영혼의 음식도 아플 때 찾는 음식도 복숭아다. 아이와 마주 앉아 느지막한 아침을 먹는다. 나는 밥 대신 복숭아를 꺼내 들었다. 캔디는 예쁜 얼굴을 하고선 자기도 밥 먹는 도중 복숭아가 먹고 싶다고 했다. 담긴 복숭아 둘 중 맛있게 생긴 예쁜 놈을 잘라 캔디 입속에 넣어 주었더니 세상 이렇게 맛있는 건 첨 먹어본다는 표정으로 입을 오므리고 볼과 눈으로 웃는다. 환하다.

계속 달라는 말에 그 자리에서 복숭아 네 개를 먹었다. 밥 먹는 도중이지만 그냥 먹어라 했다. 그 단맛이 얼마나 향긋한지 아니까. 마지막 입에는 "악!" 소릴 내며 손으로 얼굴을 감쌌다. 왜 그러냐고 물으니 "너무 맛있어서 혀 깨물었어"라고 한다. 울듯 울듯 웃으면서 혀를 내보이니 요새 나오는 복숭아 끝부분처럼 빨갛다. 제법 세게 깨물었나 보다.

커피 시간

2018.07.04.

날씨가 무척 좋아서 아침 창을 열고 새소리를 들었다. 여름의 시간을 즐길 수 있음에 감사한다. 선물로 받은 베트남 커피가 입에 맞아 맛있다. 전에 들인 커피 기계가 오늘 보니 더 예쁘고 아침 빛이 집 곳곳에 어른거려 물결 치는 모양새가 보기 좋다.

나는 집순이 기질이 탁월해 집 사람도 되고 싶다. 그렇지만 바깥 사람도 되고 싶다. 아침에 집을 음미하며 천천히 마시는 커피도 아침 조회를 마치고 1교시 수업에 들어가기 전 짧게 난 시간에 후루룩 급히 마셨던 커피도 다 좋았다고 말하고 있는 것이다.

어느새 낮잠 든 아이를 귀찮게도 만져본다. 발을 만지니 잠결에 발길질하는 힘이 제법 세다. 우리가 함께 겪지 않은 시간에 나중이란 결코 없다는 걸 잘 알기에 현재 상황에 깊이 감사함과 동시에 이 시간을 위

216

해 포기해야 되는 것에 대한 아쉬움이 든다.

끊임없이 양면의 생각이 드는 것은 어쩔 수가 없다. 자식에게 '너 낳아도 되겠니?'라고 물을 수는 없었지만 '내가 너에게 좋은 어른이었니?'라고 물을 시간은 온다. 스스로 할 수 있는 인생 가장 큰 평가를 위해 돌아오지 않을 시간을 선택했고 내 선택을 존중한다. 아이를 키우면서 네 살의 나를 본다. 세 살일 땐 세 살의 나를 봤다. 동시에 어렸을 부모님의 모습도 보인다. 그 모든 것을 발판 삼는다. 어른이 되기 싫다고 하는 네 살 딸을 온 마음을 다해 안아준다.

안녕

2018.07.09.

"엄마, 안녕."

"그래 잘 가!"

"왜 가라고 그래 만나서 안녕 한거야 왜 가라고 해!"

"미안해 (생각해보니 너무 슬프다) 안녕 우리 아가 반가워."

뭔지 모르게 목이 콱 막히는 대화였다.

7월 중 하루

2018.07.10.

원에 가기 싫다고 해서 오늘은 온종일 바깥 산책을 했다. 캔디는 졸리고 지치기 전까지는 "참 좋다 그치?"라고 계속해서 말했다. 무엇이 좋으냐 했더니 엄마랑 있어서 좋다고 했다. 내가 집 사람이 되기 원하는 사람은 캔디밖에 없는 것 같단 생각이 들었다. 나조차 반반이다.

사진에 습기가 촉촉하다. 여름만의 특별한 활기가 땀방울로 맺히는 것 같다. 아이의 앞머리도 땀방울로 굵게 뭉쳐졌다. 땀 냄새도 안 나는 작은 사람이다. 반팔 반바지로 드러난 작은 맨몸이 뛰다가 상처날까 매번 조마조마하다. 어찌 저리 뛰어다닐 수 있을까 싶다가도 엄마 손을 놓자마자 시야에서 사라져버리던 내 어린 시절이 생각났다. 나는 이제 나이든 고양이 같다. 우리 꼬마는 그런 나를 자꾸만 유년기로 초대한다.

긴긴 낮

2018.07.13.

여름은 태양에서 지구가 가장 멀어지는 시기이지만 가장 빛난다. 공기에도 습기가 어른거리는 것이 보일 정도로 가끔은 숨을 막히게 한다. 탄산음료처럼 청량감이 느껴지지 않는 날씨이지만 보기만은 시원하다. 청량하다. 여름 하늘색은 자꾸 가던 길을 멈추고 땀 흘려가며 올려다보게 한다. 그냥 그 자리에 서 있기만 해도 탁 트인, 내가 원하는 어디론가 와 있는 느낌이다.

어깻죽지에는 가방을 메고 고양이 발 같은 아이 손을 잡았다. 어깨에서 흘러내린 가방을 바로 잡으려는 찰나도 아이는 손을 못 놓게 한다. 가끔 귀찮다. 혼자 걷고 싶다. 그래도 다시 손을 잡고 싶다. 이게 무슨 마음인지 부모들은 알겠지.

뒤척이는 여름밤에도 아이는 나를 찾아 온 침대를 돌아다닌다. 자신의 몸 어딘가가 내 살에 닿아야 한다. 너른 침대 끝은 내 차지고 나머지는 모두 그 애의 차지다. 언제쯤 아이를 놓고 잘 수 있을지 모르겠다. 꿈결이 거친 날에는 새벽에 깬 채 심장이 두근거려 괜히 자고 있는 아이를 쳐다보고 볼을 쓰다듬고 품에 안아본다. 잘 자고 있는 데도 잘 자는지 확인한다. 이젠 기르고 싶다는, 조금 긴 머리칼을 천천히 넘겨주며 자고 있는 아이에게 말한다.

"아고 내 새끼, 아고 예쁜 것, 아이구 귀한 것, 우리 새끼 예쁘다. 잘자라 사랑한다."

매 성장의 커트라인을 만들고나면 꼭 지켜지지 않는다. 네 살의 어린이집, 세 살의 따로 재우기는 모두 생각 같지 않았다. 나는 그런 아이를 자꾸만 보듬으려 하고 주변에서는 자꾸 그만 보듬으라는 소리가 들린다.

네 살은 어리다. 열 살도 어리다. 미운 네 살이란 단어는 틀렸다. 이렇게 어여쁘다. 말도 잘하고 행동도 바르다. 오늘은 내가 커피를 마시다 왕창 쏟았는데 얼른 휴지를 가져와 닦고 컵에 빨대를 꽂아 내게 주었다. 안 미끄러지게 줬다며 뿌듯해했다. 아이는 날 혼내지 않았다. 먹다가 흘려도 괜찮다고 했다. 아직도 실수하는 나는 네 살에게 너무 많은 것을 바라는 것 같단 생각이 퍼뜩 들었다. 운전하다 욕이 튀어나와도 카시트에 앉아 "그러지 마 나쁜 말이야"라고 할 뿐이다. 하루에 수천 번 부르는 "엄마." 소리가 낯선 듯 당연하게 들린다.

긴긴 낮은 아이와 할 것이 많다. 엄마도 집에서 일을 해야 하는 사람이고 이 집엔 셋이 살기 때문에 셋 다 일을 해야 한다고 늘 가르친다. 빨래를 개고 옮기고, 먹은 것 정도는 스스로 싱크대에 넣는 것 등 그 모든 것이 살아가는 일이고 그 행위 자체가 사는 것이라 가르친다. 그러고는 가장 더울 때를 넘겨 밖으로 나간다.

산책하고 강아지풀을 뜯는다. 아이가 아기였을 때 핏덩이만을 위해 벌벌 떨면서 보냈던 하루들이 가상해 지금까지 왔다. 네 살이 된 지금 밥 한 술 편히 뜨느냐? 아니다. 아직은 아이에게 가야 할 손길의 시간은 할 일 많은 여름의 긴긴 낮 시간처럼 길기만 하다.

우리 아이의 밤잠 시간은 낮잠을 건너뛴 날은 저녁 7시다. 여름 나날의 저녁 7시는 한창 뛰놀 수 있을 정도로 환하다.

"내 눈에 해가 있는데 왜 자요? 더 놀래!"

눈에 해가 있다네.

"아가, 여름은 그렇단다. 여름은 그래. 여름의 날들은 밤도 밝을 수 있어. 겨울은 반대이고. 저기 먼 어떤 곳은 여름밤 해가 지지 않는 곳도 있어. 그러니 자렴. 내일 아침에 또 놀자. 사랑해."

그렇게 토닥이면 5분도 채 안 돼서 잠든다. 잠들 때 걸리는 시간은 얼마나 고단했는가를 대변해준다. 아이가 잠들었어도 바깥은 밝다.

긴긴 낮 내 마음은 여름 구름처럼 몽실몽실하다. 기운 쎈 상승 기류는 이렇게나 귀엽고 커다란 적운을 만들어준다. 이 모든 애기를 뒤로하고 캔디의 컵에다가 구름을 담았다. 둘이서 창가에 앉아 구름, 컵, 눈의 순서로 조준을 해서 구름 아이스크림을 담았다. 마음으로 먹고 서로를 보고 웃었다. 그것이 긴긴 여름 낮의 단상이다. 콧잔등에 땀이 송송하면서 말이다.

손톱 바람

이글거리는 여름빛은 모든 것을 연하게 보여준다. 다른 때보다 덜 파란 연한 하늘색, 쨍한 빛 덕분에 잎사귀들은 반사되어 더 투명한 빛을 낸다. 잠시라도 아이와 손잡고 걸을 땐 나도 모르게 더워서 걸음의 속력을 높이면 아이는 잡은 손을 놓지는 못하면서 종종종 뜀박질을 한다. 잡은 손 손등에 엷게 땀이 올라올 즘 "아차!" 하고 보면 아이 이마에 땀이 난다.

활기차지만 모두가 더위를 피할 고요한 여름날은 새소리 벌레 소리에 그 순간이 행복으로 가득 찬다. 그러다 손톱만큼 작은 바람이라도 불어오면 그렇게나 시원하게 느껴진다. 어딘가 반평 그늘을 찾아 아이를 세워 두고는 쪼그려 앉아 아이를 쳐다본다. 5분도 안 되는 시간에 우린 벌써 조금 전보다 더 새카맣게 되었다. 민소매 자국이 생겼고 얼굴은 발갛게 볼 터치를 한 것마냥 색이 올라왔다. 그런 아이가 예뻐서 보고 웃으면 까륵 소릴 내며 따라 웃는다. 어깨를 봉긋이 하고는 킥킥 웃기도 한다.

손톱 바람아 조금만 더 불어서 우리 아이 땀 좀 닦아줘라. 집까지는 조금 멀었으니 더워도 업는다. 손에는 복숭아 봉지를 쥐고 여전히 서툴러 모두에게 불편한 자세로 아이를 업고는 여름 길을 걸어간다. 여름아, 천천히 가라.

달이 창에 들어오면

2018.07.25.

잠이 안 오는 밤, 함께 누웠던 자리에서 반대 팔 쪽으로 캔디를 오라고 했다. 낮에 고슬하게 마르라고 널어 둔 빨래가 우리 집 안방 큰 창으로 보인다. 그사이로 기운 달을 보며 "보여? 네가 좋다던 노란 달이야. 캔디는 하얀 달은 별로라며. 그런데 봐봐, 달이 저 모양일 때 우리 집 창으로 낮게 보인다는 건 시간이 정말 늦은 거란다. 그러니 이제 좀 자렴."

뭐라고 뭐라고 대꾸를 한다.

"엄마 봐봐! 달이 반달일 때랑 동그란 달일 때랑 있는데 이렇게 만나면 금성이 되지! 맞지?" 틀렸다. 하지만 대수도 아니다. 맞다 맞다 그래 네가 맞다. 이 늦은 밤 엄마에게 연락이 왔다. 엄마는 나를 하늘만큼 사

230

랑하지만 늘 바빠서 제대로 못 돌본 것 같다고 눈물이 떨어진다고 하셨다. 시간을 돌릴 수 있다면 그냥 온전히 너네를 돌보았을 것 같다고도 하셨다. 나는 굳이 답장을 하지 않았다. 이내 숨소리가 달라져 캔디를 가만히 만져보니 쌕쌕거리며 잔다. 언제까지 아이들 심장은 이리 빨리 뛸까? 힘차다.

아침엔 내가 먼저 일어나 밥을 하고 거실에 잠깐 누웠는데 창으로 맑음이 한가득 들어온다. 8시는 아직 한낮의 불볕보다 산들산들한 온도와 여름 냄새만 가득하다. 방에서 캔디 혼자 뒤척이다가 내가 제 손에 닿지 않았는지 새끼 고양이 소리를 앙칼지게 낸다.

"이리 온나 엄마 여깃다. 내 새끼 이리 온나." 하니 총총 토끼 인형을 들고 나왔다. 이제야 인형을 들고 노는 내 딸이다.

부스스 부운 얼굴이 너무 우습고 귀엽다. 침대 발치에 둔 장난감 바스켓 안으로 발이 빠졌다며 우습다 하며 나오는 모양이 귀엽다. 다시 내 팔에 품고 몇 번을 뒹굴며 새소리를 들었다. 숲도 보고 하늘도 봤다. 누워서 올려다보는 얼굴이 너무 예뻐서 꼭 안고 뽀뽀를 퍼부었다. 아이를 생산해 키운다는 건 놀랍다. 웃을 일도 울 일도 훨씬 많다. 자식이라 그렇다.

베란다 물놀이

2018.07.31.

아이고 어른이고 간에 물놀이는 사람을 천진하게 만든다. 한번 시작한 물장난을 언제 끝내라고 해야 할지 웃는 얼굴을 볼 때면 그만두게 하는 것이 난감하다. 끝까지 두자니 입술이 포도 빛이 되고 중간에 들어가자 하니 어린 마음이 서운할 텐데….

마음이 간장 종지만 한 날

2018.08.03.

캔디는 며칠째 입맛을 잃었는지 통 뭔가를 먹지 않으려고 했다. 오늘 함께 마트에 가서 아이스크림을 먹을 생각에 조금 신이 난 것 같았다.

보통 더위가 아니라서 캔디는 덥고 지쳤고 에어컨을 켜면 금세 춥다고 했다. 그 모든 일이 조금씩이 쌓이고 쌓여 우리 사이에 자꾸만 큰 소리가 오갔고 매일 엉엉 울렸다. 나는 한숨을 숨기지 않았다. 왜 이렇게 나를 미워하는 사람 대하듯 하느냐고 타이르기도 하고 짜증을 내기도 했다. 네 살이 이해하기 힘든 말이었을 테지만 엄마도 힘들고 지치고 네가 그러면 짜증도 난다라는 말을 했다. 더 나아가 이렇게 매일 엄마에게 짜증을 내면 엄마도 없어져버리고 싶다고도 했다. 그말에 또 엉엉 울고 조금 내버려두기도 했지만 끝내 부둥켜안고 내 삶에 가장 소중한 존재가 바로 너라며 너를 너무나 사랑하지만 엄마도 똑같이 힘들다고 얘기하면서 우리 아가 서운하고 서러웠냐고 물으니 남은 울음을 토해냈다.

여하튼 아이스크림 가게에서 늘 본인이 원하는 대로 콘에 먹을 것이냐 컵에 먹을 것이냐 무슨 맛을 먹을 것이냐 스스로 결정하는 데 오늘은 꼭 콘에 들고 먹고 싶다고 했다. 아이스크림을 받고는 크다고 좋아했는데 자리에 앉히고 내가 티슈를 가지러 간 순간 바로 땅바닥에 떨어뜨렸다. 한 입 제대로 먹었을까? 그보다 난 너무 화가 났다. 네 살이 그걸 요리조리 잘 먹을 거라고 생각한 건 아니지만 그 상황이 너무 지쳤다. 그전에 밥을 먹이면서 안 먹으려는 것을 꼬득여 밥 한 술 넘기게 하고 밥 시간을 겨우 넘긴 짜증이 남아 있어서, 아니 모르겠다. 화가났다.

3,000원이 아까웠던 건 절대 아니다. 애가 한 입도 못 먹고 바닥에 떨어뜨린 아이스크림을 허리 숙여 처리하면서 계속 속이 답답했다. 순간 아이에게 아무 말도 안 했지만 나는 기분이 곧 얼굴에 나타나는 사람이라 눈치 빠른 캔디는 아무 말도 안 하고 장 보는 내내 카트에 팔을 괴고 고개를 숙이거나 토라진 것도 쑥쑥한 것도 아닌 표정이었다. 딱히 달래주지도 않았다. 자연스럽게 아이가 먹을 것 위주로 장을 보고 스스로 감정을 좀 가다듬고는 아이를 쓰다듬고 안았더니 작게 말한다.

"난 왜 아무것도 잘못하지…?"

그게 무슨 말이냐고 혹시 아이스크림 떨어뜨려서 그런 거냐고 물었더니 고개를 끄덕였다. 후. 평소 같았으면 떨어뜨린 순간 그냥 "으악." 하고 말고 웃으면서 다시 샀을 텐데 오늘 왜 그렇게 짜증이 났던 건지. 그렇지 않다고, 그럴 수도 이럴 수도 있으니 다시 사자 하고 자릴 떠났다. 그렇지만 잠깐 멈춰서 아이 얘기를 들었던 그 자리엔 계속해서 아이 말이 떠도는 것 같았다. 오늘의 육아는 손가락 틈새로 빠져나가는 물 같은 그런, 도무지 채워지지도 위로받지도 못한 날이었다. 잠든 아이가 귀엽기만 한데 나는 참 못난 날인 것 같았다.

여름 숫자의 마지막

2018.08.31.

8월 31일이다. 일 년 내내 여름을 기다린다. 3월이 되면 다가올 여름 생각에 설레고 8월의 끝에 오면 여름은 뒤돌아보아야지 느낄 수 있는 코끝에서 멀어져버리는 시간이 된 것 같아 서운하다. 여름을 좋아하는 나와 겨울을 좋아하는 종근은 캔디에게 그 계절의 좋은 점을 잔뜩 나열시켜 어느 계절이 더 좋은지 고민하게 한다. 결국 매번 시원하고 눈이 오는 겨울을 택하지만 아직 난 비장의 무기를 꺼내지 않았다. 여름엔 아이스크림을 더 많이 먹을 수 있다고 꼬셔 여름이 더 좋다고 얘기하게 만들어야지.

8월의 마지막 날을 꼭 사진으로 남겨두고 싶었다. 날씨도 좋고 해 넘이 시간엔 바람에 더운 기운이 가서 쾌적하고 시원했다. 시원하다는 것은 너무 좋은 단어이지만 여름에서 멀어졌다는 것이다. 토마토는 끝물이라서 툭 터져 씨를 퍼트리기 직전이다. 여름내 뜨거운 햇살을 받아내느라 줄기는 시들해졌지만 아직 떨어지지 않고 남은 알이 작은 방울토마토는 단맛이 찬 루비같이 붉다. 툭 터지려 하는 아이 주먹만 한 토마토도 인물은 가게의 것과는 좀 달라도 맛은 더하다. 여름의 끝 맛이 농축되어 있다.

사 랑

2018.10.09.

맨발로 걸어보아라. 그늘진 땅에 있는 흙은 어떤 느낌인지 밟히는 작은 지구 부스러기들이 어떤 느낌인지. 손에 닿는 풀잎이 나란히맥인지 그물맥인지 자세히 보려무나. 대신 재미로 뜯지는 말아라. 비가 오고 난 뒤 숲의 미생물들은 더 짙은 향을 뿜으니 네가 좋다면 감기에 걸렸어도 그 찬 공기를 들이마셔 보아라. 우린 건강하니 너무 싸맬 필요는 없다.

넘치는 에너지를 맨땅과 나누고 누워서 보는 하늘과도 나누어라. 우리는 작은 너의 가슴에 알 수 없는 크기의 우주가 있음에 기쁘다. "하늘 예쁘다"라고 말하는 네가 무척 자랑스러워 사랑스럽다. 어느 정도의 행복은 분명 돈으로 살 수 있지만 깨끗한 흙을 밟고 식물과 곤충의 이름을 아는 것은 돈으로 살 수가 없다. 사랑도 마찬가지다.

오늘을 자란 아이

2018.10.16.

   이제는 그루잠도 제법 줄었다. 나비잠을 자는 모습도 품속에 오래도록 안고 내려다보는 모습도 조금씩 줄어들고 있다. 대신 하루에도 수없이 엄마를 부르고 할 줄 아는 것을 뽐내고 여러 감정을 내비친다. 아이는 나와 동떨어진 어떤 미지의 다른 세상이지만 내 쪽에서 하염없이 바라보게 되는 아이에 대한 감정은 온전히 내 것이기에 그 감정을 어디까지 이입을 해야 할지 어려울 때가 많다. 어른을 흉내 낸 말들, 위태롭지 않은 뜀박질이 어느샌가 이렇게 시간이 흘렀나 보여준다.

   그럴 때 가끔 나는 가만히 침실의 전신 거울을 본다. 맨몸도 이리저리 보고 얼굴을 가까이 대서 내 얼굴의 시간을 들여다본다. 내 아이가 네 살 먹도록 나는 얼마나 변했을까 하며 새초롬한 표정을 지어보기도 하고 살을 꼬집어보기도 하고 머릿결을 만져보기도 한다. 예전에는 어땠나 더 활기찼나 더 방방 떴나 더 예뻤을까 하며 너머의 시간에 빠지려는 찰나 그사이를 못 기다리고 "엄마 뭐해?" 하며 나와 거울 사이에 비집고 서서 내 흉내를 낸다. 내가 낳은 새것이 거울로 보아도 무릎을 굽히고 뒤돌려 마주 보아도 예쁘기만 하다.

결국 둘이 얼굴을 또 맞대고선 거울을 보고 웃어 보인다. 우스꽝스러운 표정도 짓고 웃기려 하는 작은 몸짓에도 자식이라 그런지 그렇게 재밌어 깔깔댄다. 친구들은 생애 최고 에너지가 넘쳤던 그때로 날 데려다 앉혀 놓지만 가족은 현재를 살게 한다. 온기 있는 미래를 보게 한다. 우린 서로를 껴안으며 숨을 들이마셔 달보드레한 향기를 맡는다. 어떤 날은 라일락 향기 같고 어떤 날은 국화꽃 향기 같다.

어쩔 도리 없이 이기지 못하는 시간은 함께 부비고 웃고 얼굴 붉혔을 때 그 힘이 커진다. 현재 시간을 잘 보내야만 내일이 달라지고 추억하며 돌아볼 어제가 있는 것이다. 그래서 오늘을 더 부비고 사랑하며 감정을 가르쳐야 한다. 좋은 과거를 발판 삼아 내일로 나가려면 현재의 충실함이 필수다.

집은 최소한의 사람이 있는 최초의 사회생활이다. 엄마 아빠는 집이라는 일터의 리더다. 그렇기에 함께 커가는 것이다. 삶은 모든 부분이 행복할 수 없음에도 나는 평안하고 행복한 시간이 삶의 대부분이기를 바랐다. 하지만 어쩌면 그것은 불편하고 아픈 순간들을 외면해왔던 미성숙한 내 모습일 수도 있다고 생각했다.

날씨가 곧 기분인 나는 맑고 깨끗한 날엔 더 가족에게 보드라웠다가 흐린 날엔 몸마저 아픈 것 같다. 어느 순간에도 일관되게 아이를 대하는 것은 이론 속에 있는 일인가 보다. 그래서 숱하게 흔들리면서 엄마로 성장한다. 이 역할이 마음에 들고 동시에 두렵다. 삶이 흘러가도 내 아이가 머문다. 내 마음속에 머문다. 혼이 나면 이내 앙 울어버리고 돌아서면 헤헤 웃는 그 어리고 착한 모습들이 속에 고스란히 새겨진다.

내일도 손을 잡고 걷겠지만 내 아이의 하늘의 높이는 오늘보다 더 낮아지겠지. 보드랍고 작은 손이 그렇게 나를 귀찮게 하는데 그렇게 그렇게 귀엽다. "엄마." 하는 목소리도 예쁘다. 귀찮다. 예쁘다. 사랑한다.

엄마 김밥

2018. 11. 01.

엄마 김밥은 식어도 따뜻하다. 내가 여섯 살 때 소방서 견학을 갔던 날, 유치원에서 급식이 없으니 김밥 도시락을 싸 달란 소릴 잊고 안 한 적이 있다. 나만 도시락이 없어서 많이 당황했고 울먹거렸다. 엄마가 만든 도시락이 없다는 사실이 이상하게 서러웠다. 참 좋으셨던 우리 유치원 원장선생님은 다른 아이들에게 김밥을 하나씩 얻어 내가 한 끼 먹을 수 있도록 해주셨다.

그 모양새가 아직 눈에 선하다. 접시에 담아 주셨는데 엄마가 도시락에 모양과 크기를 맞춰 가지런히 넣어 하나하나 참깨를 올린 모양과는 참으로 달랐다. 그리고 무엇보다 엄마가 싸 준 것과 다른 김밥 속 때문에 선뜻 손이 가지 않았는데 그래도 하나를 집어 들고 먹었던 순간, 입

속에 느껴지던 김밥의 낮은 온도가 잊히지 않는다. 어린 난 김밥이 왜 이리 차가울까 놀랐고 어른인 난 그 온도가 어디 그리나 달랐을까 싶다. 그런 건 아니었을 테지만 내 엄마의 김밥은 시간이 지나도 온기가 그대로 있어서 따뜻하게 느껴졌다.

여덟 살 때 운동회 반 대표 치어리더를 했다. 나머지 공부처럼 남아서 연습을 했는데 역시 엄마는 김밥을 싸 주셨다. 그때 나를 많이 사랑해주시던 우리 담임 선생님은 임신 중이셨고 몰랐지만 입덧이 심하셨다고 했다(나는 선생님 결혼식의 화동이었다). 선생님께서 유일하게 드셨던 게 내 도시락에 김밥이다. 아침에 학교를 가면 1교시를 시작하기 전에 시간이 조금 있었는데 그때마다 살짝 나를 부르셨다.

"오늘도 엄마가 김밥 도시락 싸 주셨어? 선생님 3개만 먹어도 될까?"

그러시곤 웃으면서 너무 맛있게 드시고 등을 토닥이시며 "고맙다." 하셨다. 지금 생각해보면 그때의 엄마 나이는 지금 나보다 어렸다. 엄마는 왜 한가득 싸다 드리지 못했을까 하셨다. 소풍날엔 엄마들이 여럿 따라갔던 게 기억난다. 음식을 잔뜩 해서 담임 선생님께 드렸는데 역시 그날에도 못 드시고 내가 싸 온 김밥 몇 개를 드셨다. 어떤 날 오후엔 학교 앞 분식집으로 데려가 냄비 우동을 사 주시고 나와 밥을 바꿔 드셨다. 난 냄비 우동을 참 좋아해서 그것이 좋았다. 선생님과 둘이서 밥을 먹는 것도 좋았다.

한번씩 김밥을 먹고 싶을 때가 있는데 그때마다 이 일들이 생각난다. 김밥 하면 자연스레 따라오는 잊히지 않는 추억이다. 나도 김밥을 싼다. 귀찮고 준비할 것이 많지만 엄마가 싸 주었던 모습을 복기하면서 준비한다. 다른 사람의 레시피는 필요 없다. 김밥을 만들어 먹고 싶다는 딸의 말에 언제 먹어도 온기가 있는 김밥을 나도 따라 만든다.

캔디의 천체 관측회 데뷔

2018.11.04.

정말 오랜만에 영혼을 돌보는 시간을 가졌다. 준비물을 살뜰하게 챙겨 약속한 장소에 모였다. 아이의 망원경과 아이가 직접 만든 웃기는 앵무새 쌍안경도 챙겼다. 아마도 다들 비슷한 기분을 가졌을, 별을 품고 태어난 사람들 틈바구니에서 찬찬히 밤하늘을 관측했다. 정도가 없이 모두에게 공평하게 주어지는 밤하늘이다. 무언가를 쟁취하거나 이룰 필요 없이 올려다보기만 하면 된다.

'당신의 밤하늘을 낭비하지 말라'는 주제로 같은 곳에 섰다. 서에서 동으로 셀 수 없을 것 같은 별들을 탐내 보는 우리에게 반드시 필요한 시간이었다. 과거의 실제 에리다누스강은 구정물이었다는데 까만 밤의 에리다누스강(별자리 이름)은 반짝이기만 하다.

다들 하루를 살아낼 수밖에 없는 바쁜 한국에서 그야말로 정신없이 주중을 보낸다. 몸이 너무 바빠 정신이, 마음이 몸을 따라다니기 바빴다. 어떤 날은 잠깐의 행복도 허락되지 않아 몸에 정신이 없다. 빠르고 바쁜 하루에 하늘을 올려다볼 여유는 있을까.

하루 생활의 동선은 익숙한 곳에서 크게 벗어나는 일이 없다. 본격적으로 떠나야지만 다른 풍경을 만날 수 있다. 누구든 자신의 영혼을 어루만질 수 있는 일이 있을 것이다. 정신을 몸으로 돌아오게 만드는 일, 나에게는 천체 관측이 그렇다.

만 네 살이 되기 전에 정식으로 관측회에 데뷔시키고 싶었다. 이만큼 키웠으면 함께 취미생활을 할 수 있지 않을까 하는 부모의 욕심과 관측회에 대한 아이의 기대 덕분에 우리 가족의 영혼을 차분히 살찌울 수 있는 시간을 가졌다. 날씨와 달빛에 영향을 많이 받는 취미이기에 카랑카랑한 낮은 새카만 하늘과 곧 마주할 수 있다는 기대를 준다. 달이 너무 밝으면 달빛에 별빛이 잠식된다.

내 인생이 아름답다고 느끼는 큰 이유 중에 하나가 취미로 천체를 관측하는 것이다. 모두가 일등은 못 되더라도 각자 인생에는 응원이 필요하다. 끝도 모르는 우주의 빛을 보고 있노라면 근심이나 걱정이 작게 느껴진다. 어릴 때 별을 보던 호기심과 설렘은 어른이 되어 위로와 편안함을 안겨주었다.

사람들은 모두 별을 바라보는 것을 좋아 할 것이다. 새해에는 일출을 보고 싶어 하고 아름답게 피는 저녁노을을 동경한다. 모두 '해'라는 가장 가까운 별에 의존해서 산다. 아니라고 부인할 수 없다. 우리는 분명 별을 보고 응원을 받고 위로받는다. 밤하늘을 올려다본 기억이 없는 이가 있을까? 저마다의 로망이 우주 어디에 분명히 있다.

캔디가 물었다.

"왜 별을 좋아해요?"

나는 그저 사람은 자신이 좋아하고 좋아하게 될 무언가를 가지고 태어나는데 우리 같은 사람은 별을 마음에 가지고 태어나는 거라고 알려줬다. 그러자 아이는 "내 마음엔 엄마 아빠가 넣어준 하트만 있는데 난 별을 좋아하는데?"라고 했다.

"까마귀자리에는 하트은하가 있단다. 우리가 보기에 그 천체는 하트 모양이야. 하트 모양 별도 있지"

"그러네 히히."

몸의 속력이 느려지고 정신이 담기는 순간들이었다. 밤 12시 반이 지나자 아이는 별을 보면서 잠이 들었고 바람도 조용하고 웃음과 들뜸이 그 시간 볼 수 있었던 별만큼이나 많았던 아주 아름다운 밤이었다. 그 시간 거기서.

등

2018.12.01.

아기 등이 조그마하다. 네 살인데 내 한 뼘만 하다. 키는 큰데 마른 체형이라 동그마니 앉아 있으면 머리나 등이나 그 너비가 같다. 내가 안고 자는 데 위에서 보면 이마, 코끝, 볼이 동그랗다. 하얗고 보드랍다. 이마에 송송한 아기 털이 아직도 너무 아기임을 말해준다. 눈썹도 쓸어주고 머리도 쓸어주면 아기는 웃는다. 눈을 초승달로 하고선 "엄마 사랑해요." 하며 웃는다.

꼬물거리던 몸이 두 배로 자랐다. 그래도 아기 등은 너무 작고 부드럽고 가녀려서 이 작은 사람이 뿜는 에너지가 신기하다. 에너지가 네 심장에서 나오니, 네 마음에서 나오는 거니? 태어났을 때부터 매일 주문을 걸었다. '안전하다, 건강하다, 행복하다, 사랑한다.' 지금도 마찬가지다. 하루에도 수십 번 넘게 사랑한다고 해왔더니 "엄마는 왜 나를 사랑하느냐"고 묻는다. 모르겠지만 그냥 내가 널 낳았기 때문이라고 말했다. 어린 딸에서 오는 어려운 질문이 많은데 이런 형이상학적인 물음에 딱 떨어질 답이 없다.

잠이 들기 직전 청각의 예민함 끝자락에 노래도 해주고 사랑한다고 말해준다. 잠들 때 기분 좋으라고 아침에 눈을 떠서 기분 좋으라고. 조금 기다리면 어떤 때는 부모만 알아볼 수 있게 사인을 보낸다. 잠에 빠져가는 나머지 입 밖으로는 못하고 마음으로 대답하는 게 느껴진다.

그냥 뭘 해도 귀엽다. 낳은 것의 기쁨이다. 가만히 누워서 자기가 엄마만큼 크면 엄마 아빠는 할머니 할아버지가 되느냐고 묻는다. 그렇다 했다. 아이는 몇 초간 말이 없었다. 나는 곧 표정을 읽고 "네가 원하는 만큼 옆에 있겠다"라고 했다.

네 살 아이는 무슨 생각을 했던 걸까. 인간은 자연스레 낡아지고 쪼그라들고 늙으며 그 끝이 이별이라는 것을 이미 알고 있는 것일까. 아니면 내가 그랬듯이 엄마 아빠는 안 늙는 줄 알았던 걸까. 어릴 때를 회상해보면 엄마 아빠는 원래 엄마 아빠이고 할머니 할아버지는 본디 나길 할머니 할아버지로 태어난 줄 알았다. 그 시절 부모님과 조부모님의 어릴 적 사진을 보는 것은 무척 드문 일이었다.

아이의 등은 아이의 기분을 보여준다. 아마, 엄마라면 아이의 등에서도 아이의 기분을 알 수 있을 것이다. 얼굴이나 말투가 아닌 등에서 기분을 본다는 것은 그만큼 아이를 사랑한다는 뜻이다. 내 관심이 온통 아이라서 한 길 다른 사람 속은 몰라도 내 아이만큼은 등만 봐도 알 수 있을 만큼 이해하려 노력한다는 증거다.

안아 들어서 등을 쓸어 어루만지면 가닥가닥 자그마한 사람의 뼈가 만져지고 볼이 어깨에 폭 닿을 때 감촉과 머리털에서 나는 아기 향기, 아이의 숨이 느껴진다. 아직까지 심장 박동이 빠르다. 임신 8주에 첫 심장 박동을 들었을 때 너무 빨라서 놀랐다. 원래 이렇게 빠르게 뛰는 것이 맞느냐고 의사에게 물었다. 의사는 웃었다. 언제쯤 느린 심박을 가질까 궁금하면서도 아직은 아기구나 하는 안도감 비슷한 것이 온다. 아직은 내 품속이구나. 느릿느릿 아이의 모습을 생각하며 기분을 이렇게 옮긴다.

"기분이 좋고 나쁘고는 오직 네 선택이니 어떤 것을 택할지는 전부 네가 결정하는 것이란다."

단호한 훈육이 필요할 때 행동으로 인한 결과에 대해 자주 아이에게 하는 말이다. 기본을 지킨다면 꾸중을 듣는 일이 없다는 뜻이기도 하다. 그리고 다른 무언가보다 스스로 감정의 주체가 되길 바라는 마음이다. 조그마한 등을 하고선 다부진 결정을 한다.

"기분 좋은 걸 택할래요!"

이 쪼그마한 사람을 울리고 토닥이고 사과하고 그 모든 행위에 등을 쓸어준다. 느리게 크라고 바라고 있지만 아이의 크는 속도는 놀랍기만 하다. 11월에는 10월과 분명히 다른 어투였다. 천천히 크지… 더 컸다. 그래봤자 아직 등이 작고 여리다. 내 한 손으로 한 번에 쓸어줄 만큼.

이제야 제일 예쁘다

2018. 12. 06.

처음 첫 순간에 내가 엄마가 되었을 땐 이상했다. 엄마가 될까 말까 무척 고민을 했고 임신을 한 순간이 엄마가 되는 건지 낳은 순간이 엄마가 되는 건지 아직도 모르겠다. 길러 보니 눈에 뭐가 씌었는지 내 아이가 제일 예쁘다. 피부색도 이마가 튀어나온 정도도 눈썹 결도 입 모양도 그렇다. 어느 누구와 비교를 해서 '제일'이라고 줄을 세운 것은 절대 아니다. 그냥 그렇다. 아, 오직이라고 해야겠다. 그냥 오직이다.

어릴 때 사진이 많은데 보고 또 봐도 재미있다. 사진은 책처럼 그 순간이 머물러 있다. 아무리 시간이 가도 과거의 그때 머물러 있다. 영원히 어리고 여리다. 우리 엄마는 내가 사진을 볼 때마다 "세상에서 네가 제일 예쁘더라. 다른 아이는 눈에 안 보이고 그냥 세상에서 제일 예쁘고 예뻐 죽는 줄 알았다"라고 한다. 내가 한 아이의 어미가 되기 전에는 하나도 이해가 안 되는 말이었다. '예쁨의 객관성으로 따지자면 뭐 그렇게 예쁘지도 않은 것 같은데 그냥….'이라고 생각했다.

그런데 이제야 알겠다. 네가 제일 예쁘다는 것은 오직 너뿐이라는 의미다. 자식이 예쁜 건 누가 뭐래도 오직 그 아이만 보이고 그 아이만 예쁘다는 것이다. 다른 아이가 예쁜 것과 전혀 다른 차원이다. '내가 그래 예쁜가? 태어났을 때 사진을 보니 그냥 쪼끄만 사람이구만….' 했던 생각이 수긍으로 바뀌었다. 오래된 사진 속 내 엄마 곁에 누운 핏덩이가 세상에서 제일 예쁘다는 것을 이제야 알겠다. 오직이었다.

네가 되는 시간

2018. 12. 12.

너와 나의 물리적 시간은 분명히 같을 텐데 어찌 너는 그렇게도 빨리 자라는 것이니. 내 하루는 느리기를 바라는데 네 하루는 온통 뜀박질로 가득해서 그런 것인지 너는 달리듯 큰다. 그러다 넘어질세라 걱정이 앞서서 무정하게 말하는 순간에도 너는 달리듯 큰다.

엄마 아빠를 세상에서 가장 사랑한다고 말하는 작은 사람이 원한다면 다음 세대를 얻을 수 있는 시간이 성큼 올까 봐 내 하루는 조금 모를 두려움이 오기도 하는데. 한 해가 이렇게 끝나고 있다.

이제 내 반도 넘는 키를 가지는 아이의 손을 잡고 걸으면 여전히 나는 앞을 보지 않고 아이를 내려다보며 걷는다. 웃고 있는 작은 볼이 진짜 너무 귀여운데 우리의 계절이 또 한바퀴 돌아 소한 근처에 태어난 너의 날이 돌아오고 있다. 뛰지 말라는 내 말을 너도, 시간도 듣지 않는구나.

펑펑 눈

2018. 12. 13.

눈이 내릴 때 날이 조금 포근하면 함박눈이 오고 꽁꽁 추우면 옷 끝에 탁탁 튀는 싸락눈이 온다. 내리는 도중에 날이 포근해 눈 결정 겉이 녹고 눈송이들은 엉겨붙어 큰 함박눈이 된다. 추우면 결정 표면이 얼어붙어 서로 엉기지 못해 작은 싸락눈이 온다.

눈이 와서 겨울이 제일 좋다는 아이야, 이왕이면 함박눈같이 여럿이 손잡고 살아가는 삶을 살았으면 좋겠다.

예쁜 여자

2018.12.18.

"이렇게 예쁜 여자는 어디서 온 거야?"

"왜? 엄마 예뻐?"

"응, 눈썹도 예쁘고 눈은 더 예뻐. 잘생긴 여자 같아."

천천히

2018.12.19.

'느리게'라는 말보다 '천천히'라고 해야겠다. 아이가 아이로서 충분히 시간을 보내고 어른이 되겠다 싶은 순간이 적절하게 오려면 조금 더 천천히. 더 많이 놀고 더 많이 웃고. 너무 냉큼 어른이 되거나 어른 몸속에 아이 때의 결핍이 남지 않도록 충분하고도 천천히. 그리고 자그마한 손에 온종일 주웠다 쥐었다 쓰다듬었다 했던 자잘자잘한 돌멩이들 같은, 실수와 실패도 듬뿍듬뿍 경험하기를.

살면서 아이의 세상, 아이의 바다에서 맞닥뜨릴 크고 작은 폭풍 속에서 '너'라는 작은 존재하나 휘둘려 끊어져버리지 않게 매어두는 법을 터득하는 시간이 충분하기를. 현재로서는 네 시련의 폭풍이 아이스크림을 꺼내 먹지 못하게 하는 엄마에게 대항하는 것일지라도 어떻게 그

난관을 잘 이겨내고 다정하지만은 않을 엄마의 거절 속에서 울지 않고 버틸 수 있는 힘을 기르길 바란다.

진짜 중요한 것이 무엇일까 순위를 매길 수 있는 법을 알려주는 것. 바쁜 것을 제쳐 두고 중요한 것부터 대할 수 있는 용기의 방법 말이다. 언제나 말하듯이 마음을 단단히 만들어주는 것은 외부의 호됨과 질책이 만든 상처의 흉터가 아니라 믿음과 사랑으로 만든 내적 근육임을 잊지 말고 부모와 가족이 너를 대하는 태도가 네가 받아야 할 마땅함임을 잊지 말았으면 한다. 사랑받기 위해 태어난 우리의 아이. 좋을 때는 다 좋다. 그러니 어느 상황에서도 최선을 가려낼 수 있는 지혜를 가진 이로 천천히 곱씹어 크기를 바란다.

인생에 선배이자 선생이 될 수도 있겠지만 언제나 물러나고 개입하는 순간들이 적절했으면 좋겠다. 생각하는 대로 살고자 노력하는 네 부모의 마음을 꼬마 네가 알 즈음이면, 네 유년기를 영화 줄거리 보듯 그냥 그렇게 즐겁고 기껍게 돌아볼 수 있는 여유로운 어른이기를.

그래서 천천히 더 안아주고 더 웃어주고 더 같이 정신없이 재미있는 날들로 365일을 채우고 싶다.

"엄마, 우리 또 뭐하고 놀까?"

이 말이 귀찮고 귀엽다.

"그냥 너 혼자 좀 놀지 그래?"라고 되받아치면 "엄마랑 노는 게 좋단 말이야." 하는 내 귀여운 꼬마. 천천히 가달라고 부탁해도 시간은 봐주는 법이 없지만 그럼 뭐, 내가 천천히 하는 수밖에. 하루라도 더 놀게 둘 것이다. 하루의 끝에 자는 아기를 가만히 보고 있자면 삶의 파노라마처럼 오늘의 표정과 모습이 지나간다.

가까이 자는 아이의 체온과 숨이 따뜻하다. 팔딱이며 빠르게 뛰는 심장에 손을 대보면 "으음." 하고 뒤척이기도 한다. 오늘 비를 만지고 놀았던, 아기 고양이를 안았던 너는 행복했을까? 내가 미처 발견하지 못한 껄끄러움은 없었나. 그 꺼끌거림이 혹시 작은 가슴에 상처를 내진 않았나 생각한다.

다짐만큼의 꽉 찬 하루는 드물지만 내가 널 사랑하는 마음만큼은 행동으로 보여주려 노력한다. 오늘의 네가 내일의 네 울음을 자연스럽게 흘려보낼 만큼 사랑받은 아이였기를 바란다. 너 스스로 너를 성장시키고 존중하고 사랑하며 뿌듯한 하루였기를 가장 바란다. 우리 모두 널 사랑하고 귀하게 여긴다. 오늘의 네가 그만큼 힘이 생겼기를.

계절이 오는 향기

2018. 12. 20.

계절이 오는 향기. 그 향기를 맡는 순간은 내가 살면서 가장 좋아하는 것 중 손에 꼽히는 일이다. 1년 살이 중 사계절이 바뀔 때나 또는 맑은 날엔 계절의 향기가 난다. 창을 열고 숨을 들이마신다. 원하는 향기가 날 땐 저절로 웃음이 난다. 아주 어릴 때 엄마에게

"엄마, 여름 냄새가 나. 여름이 왔나 봐."

"엄마, 눈 구름 냄새가 나. 눈이 올 것 같아."

라고 말한 적이 많다. 엄마는 그때마다 엄마도 느껴진다고 계절마다 향기가 난다고 했다. 기쁜 대답이었다.

중학교 때 수업 시간에 문득 창밖으로 학교 뒤 숲을 보면서 친구에게 봄 냄새가 나지 않느냐고 물었을 때 친구는 그런 느낌은 있고 냄새

는 잘 모르겠다고 했다. 그때 계절이 오는 향기를 모두 맡는 건 아니라는 것을 깨달았다.

아이를 키우면서 나에게 오는 감정들은 계절이 오는 향기 같다. 아마도 이 향기에 기뻐하며 공감하는 사람들이 있을 것이고, 같지 않지만 그 즈음 비슷한 기분을 가지는 사람들이나 그냥 그렇구나 하는 사람들도 있겠지.

계절이 오는 향기는 아주 특별하다. 새로운 기쁨과 설렘을 준다. 여기서 오는 설렘은 오롯이 나를 통해서만 느껴지는 커다란 감정이다. 누군가 이 기분을 또 알까 싶다가도 너무 특별해서 혼자만 간직하고 싶다. 여름에 유리컵 속 냉커피를 저을 때 얼음이 달그락 달그락거리는 소리가 좋다. 일종의 여름만의 깨끗한 청량함이다.

아이를 사랑하는 깨끗한 마음을 무언가에 비교할 수 있을까. 계절을 즐기다 보면 신기하게 아이가 큰다. 계절이 가면 또 아이는 커 있다. 소중한 이 감정은 내가 고이고이 아껴둔 내 마음속에 계절이 오는 향기다.

마음에 무엇이 들었을까

2019.01.16.

오늘 아이를 데리러 갔을 때 입이 삐죽 나오고 눈을 아래로 내리깐 아이를 마주했다. 항상 웃으면서 달려 나오는데 왜인지 물어도 웅얼거렸다. 차 안에서 잔울음을 가지더니 속상한 일이 있으면 엄마에게 말해도 되니 말하고 싶을 때 해달라고 했다. 그러자 "오르프 시간에 북을 쳤는데 막대기로 ㅇㅅ 얼굴을 내가 쳤어. 실수로 그랬어. ㅇㅅ가 아프면 어쩌지? 속상해요. 슬퍼." 그랬구나. 나는 그럼 선생님께 전화를 해서 ㅇㅅ가 괜찮은지 물어보겠다고 했다. 선생님도 그 장면을 보셨고 그냥 실수였고 아무렇지 않게 ㅇㅅ도 넘어갔다고 했다. 그 얘기를 전해주자 대성통곡을 했다. 마음이 졸여서 크게 울지 못했었나 보다. 안심하면 마음껏 우는 법. 토닥이며 우유 한 잔을 주었다.

일전에는 혼자 샤워를 하고 있었다. 밖에서 노랫소리가 들렸다. 혼자 잘 노는 모양이었다. 그런데 갑자기 "으앙." 하고 서럽게 우는 소리가 나서 젖은 몸으로 후닥 나가 보았더니 도대체 무슨 일인지 가늠도 안 되게 울고 있었다. 주변을 봐도 무슨 일이 일어난 것 같지 않았고 얼굴과 몸을 살펴보아도 다친 흔적이 없었다. 물어도 대답을 안 했다. 그럼 엄마가 거품 목욕을 준비해줄 테니 하겠냐고 묻고는 욕실로 아이를 데려갔다. 이리저리 살펴봐도 다친 곳은 없는데… 따뜻한 거품 목욕을 하고 나서 말하고 싶을 때 운 이유를 말해주면 좋겠다고 했더니 "내가 엄마랑 아빠를 괴롭힌 게 생각나서 너무 슬펐어. 미안했어. 기분이 너무 안 좋아 슬퍼. 때리고 꼬집은 게 생각나서 슬퍼." 한다.

솜 주먹으로 엄마 아빠를 때려봐야 꼬집어봐야 그랬는지 티도 안 나는 것을…. 아이는 자기가 잘못하거나 누군가에게 미안하면 심하게 운다. 착하다. 이런 아이를 어떤 이유에서라도 혼냈던 지난 날들이 후회된다. 아마 대부분은 아이의 실수에 대한 것이겠지. 그 실수라는 것도 내가 만든 프레임일 뿐 분명 이유가 있었으리라. 조목조목 자기 방어를 할 수 없으니 그냥 그 순간을 받아들이는 것뿐이겠지. 아이는 삐치는 법 없이 그런 실수를 한 엄마를 용서하고 넘어간다. 그저 엄마를 너무나도 사랑하니까.

아이의 마음을 현미경으로 봐야 할 때도 있고 망원경으로 봐야 할 때도 있다. 세심하게 촉을 세워 지나칠 수 있는 사소한 것들에서 의미를 찾아야 할 때도 있는가 하면 멀찍이 떨어져 그저 바라만 봐야 할 순간도 있을 것이다.

모든 존재는 아이였고 항상 재시도를 통해서 배우는데 어른이면 모든 어린 존재에게 기회를 주어야 한다. 슬프고 화나고 기쁘고 배울 기회를. 그러면 그 어린 것은 좋은 어른이 되어 다음 세대의 어린 존재들에게 다정한 기회를 준다. 다정한 기회를 주는 어른은 어릴 때 주변으로부터 그렇게 배운 것이다.

시간을 느낀다

2019. 02. 15.

더 이상 성장이라고 할 것 없는 내 몸은 나의 작은 사람의 성장을 마주하면서 시간을 느낀다. 낮잠 든 아이 옆에 누워 아이 한 번 창밖 한 번 번갈아가며 쳐다보면 해가 야산으로 넘어가는 것이 지긋이 느껴진다. 마침내 박명이 시작되려 조용히 꺼지는 촛불같이 해가 자그마해진다. 시간의 흐름을 눈으로 본다. 엄마가 되어가는 과정도 나이며 결코 나를 잃어가는 일이 아님을 깨닫게 된다. 더 넓은 세상을 경험하고 자아를 마주하기 위해 떠나는 것이 여행이라면 아이를 기르는 것도 여행이다. 아이가 만들어내는 다채로운 문학과 그림 같은 풍경이 아름답다. 아이는 귀한 존재이기에 그들을 길러낸 그 어떤 시대의 부모든 모두 존경받는다. 그들 각자의 이야기가 있다.

소중해

2019.03.22.

내가 너를 소중히 여기는 모든 행위는 곧 내가 나를 소중하게 여긴다는 것으로 돌아온다. 정성 들여 먹이고 치우고 씻기고 키우는 그 모든 것이 나 역시 그런 존재로 컸음을 끊임없이 상기시킨다.

작은 너를 안을 때 부드럽고 가늘지만 폭신한 느낌, 몇 없어 보이는 연한 머리칼을 빗어주었을 때 느낌, 밥을 먹는 동안 작은 입에 가득 밥을 넣으려고 찡그리는 표정까지 소중한 너에게서 나를 발견한다. 비단 닮은 겉모습에서 비롯된 감정이 아니라 나 역시 우리 부모님에게 그렇게 귀하고 소중히 컸음을 다시 느끼게 하는 것이다.

귀엽고 소중한 내 아기야. 내가 잠들기 전 널 쓰다듬으며 사랑한다고 네가 너무 귀하다고 귀엽고 소중하다고 매일을 고백할 때면 잠결에도

271

웃으며 끄덕이는 그 순간이 정말 행복히다. 너에게 나를 투사시키는 것은 아니지만, 아니려고 노력하지만 너를 통해 다시 나를 소중하게 생각하게 된다. 너는 그런 고마운 존재다.

여행 같은 삶이 아니길

2019. 03. 28.

딸의 하루하루가 너무 소중하다. 밤잠이 들 때면 웃으면서 "아, 행복한 하루였어. 재미있는 하루였어"라고 말한다. 아직 우리가 젊고 딸이 뭣도 모를 이 어린 삶이 너무 귀하고 아깝다. 나는 원래 밥상에서 맛있는 것부터 먹고 마음에 드는 옷부터 입는다. 그런데 아이의 하루는 그렇게도 아까워 손에 쥐면 바로 녹아버릴, 우연히 내 손바닥 안에 떨어진 예쁜 눈 결정 같다.

손에 닿으면 녹아버리는 것이 순리이고 시간은 흐르고 아이는 크는데 부쩍 큰 몸을 보면 신기해서 이상하다. 내 평생 고등학생이 될 일이 없을 것 같았던 어린 시절이 깜빡 전인데 내가 아직도 엄마인지 어른인지 믿기지 않는 시간 속에서 네가 큰다. 내가 어른인가? 내 신체 나이는 그렇게 말하지만 결국 내 아이가 어른이 돼야지만 자각이 들 것 같다. 아닐 수도 있지만. 우리 부모님이 언제 이렇게 나이가 드셨을까. 우리 딸이 어쩜 이렇게 잘 뗄까.

딸의 삶이 여행 같지 않으면 좋겠다. 따뜻하고 아름답게 꾸민 보금자리에서 평안하고 차분했으면 좋겠다. 여행의 들뜸이 좋지만 그래도 대부분은 여행 같지 않은 삶이기를 바란다. 나는 아이에게 집 같은 부모이고 싶고 언제고 돌아올 수 있는 그런 존재이길 바란다. 애틋한 아이의 시간이 벌써 이렇게 흘렀다. 더 이상 개월 수로 아이의 나이를 말하지 않아도 될 나이가 되었다. 나이라는 단어는 쉬운 글자이지만 세상 깊은 의미를 갖는다. 애틋하다.

산딸기 열개

2019.03.29.

저번 주에 처음 산딸기를 만났다. 마트 전단지에 있는 산딸기를 보고선 흥분한 딸에게 그날 꼭 사자고 약속했다. 맙소사 그런데 장을 다 보고 차를 타고 집에 오는 길에 깜빡했다는 사실을 깨달았다.

"아! 엄마 산딸기! 산딸기 안 샀어."

아이의 눈썹은 여덟 팔자가 되었고 산딸기가 끝날 무렵부터 이제껏 10개월을 기다린 아이에게 너무 미안한 마음이 들었다.

"앗, 까먹었다. 미안해. 집에 있는 과일부터 다 먹고 사자. 이제부터 산딸기 시작이야."

그랬더니 금세 알겠다고하고선 "나는 원래 겨울이 좋은데 산딸기가 있으니까 여름이 좋아졌어. 그리고 엄마가 여름을 좋아하니까 나도 그래. 엄마도 좋아하지 산딸기. 엄마도 아기 때 많이 먹었어?"

많이 먹었다마다. 나도 딸기 대장이다. 산딸기와 계절을 연관 지어 다섯 살 인생의 봄을 산딸기로 맞이하고 있다. 온통 신경이 산딸기에 대한 기대인지 저와 내가 산딸기를 좋아한다는 공통점을 발견해서 신난 것인지 말을 이어가는 아이가 귀엽다. 아쉬움을 기대감으로 바꾸고 있는 중이겠지.

추워질 무렵의 딸기를 시작으로 한껏 먹어 겨울을 나고 나면 산딸기의 차례가 온다. 산딸기를 발견하면 봄이 나를 환영하는 기분이 든다. 그러니 어떻게 마다할 수 있을까 자그마한 팩에 담겨 비싼 몸값을 자랑하는 달고 작은 붉은 구슬. 그 작은 예쁨이 아이로 하여 혀끝에 단맛으로 기억될 산딸기의 추억을 만들어준다. 3월 말 나오는 산딸기는 하우스에서 나오는지 노지에서 나오는지 잘 모르겠지만 하루라도 빨리 이 맛을 안겨 줄 수 있어서 그저 좋다.

드디어 산딸기를 샀다. 월말이라서 예상된 지출보다 항상 조금씩 더 쓰게 되니 매월 주의하자 하는데도 아이가 먹고 싶다고 하는 계절 과일은 포기가 잘 안 된다. 산딸기는 특히 시기가 짧으니 만남도 짧다. 오매불망 기다린 그 비싼 산딸기를 사고 차에 탄 순간부터 아이는 자기 최면을 걸었다.

"얼른 먹고 싶다. 하지만 안 돼. 왜냐면 안 씻었으까. 그릇도 없으니까. 차에 다 쏟으니까. 여기 구멍으로 좋은 냄새가 나요. 나 이 냄새 기억나요. 좋아하는 냄새야. 산딸기 냄새. 아, 얼른 먹고 싶다. 그치만 참을 수 있어요."

손으로 구멍 속에 산딸기 만진다.

"음… 맛있겠다. 집에 가면 열 개 주세요. 우리가 이걸 사서 다행이다. 이것밖에 없었는데 그지. 이거 못 샀으면 정말 엄청 큰일 날 뻔했다. 그지?"

큰일이야 났겠냐만은 마지막 한 팩 남은 것을 사서 굉장히 안도하는 말투가 우스웠다. 다 씻어 주겠다고 해도 계속 열 개를 달라고 한다. 나는 그게 그냥 아이가 말할 수 있는 큰 숫자이겠거니 대수롭지 않게 생각했다. 차에서 내리자마자 아이는 산딸기를 안고선 집으로 뛰어 올라갔다. 나도 덩달아 마음이 급해 얼른 그 기분 좋은 맛을 보여주고픈 마음에, 그리고 캔디가 좋아하는 과일을 얼마만큼 먹어 치우는지 알기에 한 팩을 모두 씻어 줬다. 당연히 순식간에 오물거리며 다 먹었다. 그런데 다 먹은 얼굴에도 어쩐지 눈썹이 여덟 팔자다. 왜지?

"엄마 내가 열 개만 달라고 했잖아. 왜 다 줬어… 열 개만 달라고 했는데…."

도통 알 수가 없어서 왜 그러냐고 물었더니 "내일도 먹으려고 했단 말이야. 내일도 먹고 싶은데." 아이는 마트에 한 팩 남은 산딸기를 보고 샀기 때문에 그것이 본인이 가질 수 있는 유일한 산딸기라고 생각했나 보다.

아가, 그럴 리가. 이제부터 시작이니 마음껏 먹으렴. 산딸기 때문에 봄여름이 좋다며. 그 빨갛고 작은 단맛을 엄마 아빠가 이 계절 내내 떨어지지 않게 해줄게. 나의 유년기를 행복하게 했던 내 입안 가득 산딸기는 또 이렇게 나의 청장년기에 아이 입에 넣어 주는 기쁨으로 찾아온다.

눈 속 우주

2019.04.08.

"엄마! 내 눈동자 안에는 생각이 들어 있고, 눈동자 안에 별이 있고,
까맣게 우주가 들어 있어. 봐봐."

목욕탕에서

2019.05.06.

하나 있는 자식이 딸아이라서 함께 목욕탕을 갈 수 있다. 내 엄마, 나, 내 딸, 이 멤버로 가는 목욕탕은 셋에게 모두 즐거운 시간이다. 3~4일 연달아 가는 목욕탕은 본가에 가서만 누리는 최고의 사치다. 얼굴을 잘 아는 혹은 모르는 사람들, 다양한 간식, 하이라이트는 바로 여탕에만 있다는 옷도 팔고 식품도 팔고 특산물도 파는 작은 잡화점. 남자들은 모를 것이다. 이곳이 얼마나 오묘한 곳인지.

등 밀어줄 파트너도 있겠다 셋 다 목욕을 무척 좋아해 몇 시간이고 목욕탕에서 즐겨도 지루할 틈이 없다. 엄마와 나는 번갈아가며 한 사람은 아이를 보고 한 사람은 사우나를 가기도 하고 셋이서 뜨끈한 온탕에 앉아서 쪼글쪼글 해진 손을 보고 웃기도 한다.

온탕에 느긋하게 앉아 있으면 사람들 모습이 눈에 들어온다. 좀 더 정확히 말하면 여러 나이 대의 엄마들이 보인다. 내가 제왕절개로 아이를 낳은 뒤엔 목욕탕에서 다른 사람의 몸이 자꾸만 보였다. 그러고는 슬쩍 내 몸을 다시 본다. 아기가 들어갔다 나와 수술 자국이 남은 아랫배, 무려 18개월이나 모유 수유를 했던 내 가슴, 머리숱도 슬어보고 얼굴도 괜히 만져본다. 나는 지금 세월 어디까지 왔나 속으로 생각하면서 엄마에게 이제 나도 나이가 많아 보이지 않느냐며 속을 털어놓는다. 돌아오는 답이 "아직 젊고 예쁘다"인 걸 뻔히 알면서 한 번 더 애정을 확인받는다.

이내 꼬마는 덥다고 성화를 부리면서 5분만 냉탕에서 놀겠다고 야무지게 약속을 하고 냉탕으로 향한다. 아이를 혼자 보낼 수 없으니 차가운 물이 두렵지만 같이 간다. 어린이들에게 목욕탕의 묘미는 냉탕 수영이 아니겠는가. 바가지를 가지고 노는 냉탕 수영이 마치 규칙인양 우린 모두 그 과정을 겪으며 커왔다.

'수심 1미터, 어린이는 주의가 필요합니다'라고 적힌 푯말에서 아는 글자만 읽어본다.

"1, 어린이."

때가 되면 다 알게 될 글자는 미리 알려줄 필요가 없다. 5분이라는 시간 약속은 영 칼 같지가 않아 자꾸만 냉탕 시간이 연장된다. 그러면 간식으로 꼬신다.

"저기 큰 냉장고에 있는 것 중 너가 먹고 싶은 거 다 골라."

캔디 할머니는 딱 하나만이라는 말을 안 한다. 초코 음료 하나, 계란 세 개, 요거트 하나. 들어올 때부터 눈여겨 봐왔는지 고르는 데 시간이 많이 필요 없다. 그럼 나는 "나 어릴 때는 목욕탕에서 딱 하나만 사 줬으면서"라고 말하며 정말 한 톨도 서운하지 않은 투정을 괜히 해본다.

어린 시절 엄마는 목욕탕에서 늘 피크닉이라는 음료를 사 주셨다. 음료의 용기가 파란색이라서 무척 마음에 들어 했다. 사과 맛도 있었지만 용기가 파란색이기에 살 때마다 살구 맛을 택했다. 남들은 목욕 후 바나나 우유라지만 나는 피크닉이다.

원래 매끄러운 생머리라 묶어 논 머리의 새 잔머리가 우르르 빠지지 않도록 어릴 적 내 머리는 거의 긴 파마머리였고 엄마도 나랑 똑같은 머리였을 적이 있었다. 엄마가 목욕을 마치고 거울 앞에서 긴 파마머리를 말리며 앞머리를 닭 벼슬 스타일로 드라이하던 것이 생각난다. 나는 목욕탕 탈의실 거울에 머리만 겨우 보일 정도로 작았던 것 같다. 탈의실에는 평상인지 쇼파인지가 있었고 거기서 깨벗고 콩콩 뛰던 생각도 난다.

내 키만 한 작은 목욕탕 냉장고 속에 먹고 싶은 피크닉이 줄을 지어서 있었다. 엄마는 한번도 뭘 사 먹은 적이 없고 나랑 동생만 사 주었다. 예닐곱 살쯤에 부산역 근처 일식집에서 한 그릇에 3500원짜리 일식 우동을 사 줄 때도 엄마는 늘 안 먹었다. 하나 더 먹고 싶은 피크닉을 딱 한 개만 우리 남매에게 사 준 이유가 있었을 것이다.

여름 단편

2019.07.22.

강아지풀에 이삭이 달리고 꽃망울이 지면 여름이 온다고 했다. 여름에 머물고 싶어서인지 집에 걸린 달력은 6월에 멈춰 넘어가지 않고 그대로 있다. "가지마"라고 붙잡는다 해서 안 가는 것도 아닌데. 백 씨들은 원래 더위가 많다며 너스레를 떨며 당고머리를 한 딸아이가 사랑스러워서, 가느다란 팔다리와 어린 등짝을 드러내놓은 이 계절이 사랑스러워서 나의 여름은 이토록 애절한 짝사랑이다.

같이 걷는 길은 저 혼자 저만치 뛰어가 앞에서 기다리기도 하고, 뭘 구경하느라 쪼그려 앉아 있다가 뒤늦게 찡찡거리다가 혹은 까르르 웃으며 쫓아오기도 한다. 내가 걷는 속력은 같은데 아이는 빨랐다가 느렸다가 속력이 다양하다. 그러다 결국 내 손을 잡으며 함께 걷는다. 또 손을 놓고 먼저 띈다. 그러길 반복한다.

집이 보이면 꼭 먼저 뛰어 도착하려 한다. 한 손 가득 강아지풀과 개망초를 뜯어다가 물꽂이를 하겠다 하여 그러라고 했다. 시간이 하루만 지나도 그것들의 이삭이 우수수 떨어져 식탁이 엉망이 되지만 밥 먹는 내내 행복해하기에 그러라고 했다.

종일 구름이 끼다 잠깐 갠 자정 넘어의 하늘을 가만히 바라보다가 보조 등을 켠 채 불그스름한 빛 아래로 책을 봤다. 좀 떨어져 앉은 종근은, 눈은 책을 보며 입은 종알거리는 나와 시시덕대며 일요일 밤을 넘기고 있었다. 좋아하는 노래를 크게 틀어 놔도 아이는 깨지 않을 만큼 깊은 밤이었다. 한 시간 내내 같은 노래를 틀어도 단 한 번의 싫은 소리가 없는 짝이다.

책을 보다가 까무룩 졸음이 와서 제쳐두고는 다시 창밖을 봤다. 전깃줄 사이에 거미줄이 제법 센 바람에 흔들리는 것이 보인다. 괜히 거미에게 감정 이입을 하며 '거미는 무서웠을까?' 엉뚱한 생각도 해본다. 가로등 불빛이 거미줄에 반사되어 하얗게 반짝인다. 별도 반짝인다.

작은 우리의 공간에서 더 간격 없이 누워 체온으로 무더운 순간도 이야기가 되어간다. 여름이구나. 엷은 땀이 밴 이마를 쓸어주니 살결은 따뜻하고 쿵쿵 내 아기의 냄새가 난다. 두 손가락에 쥐어지는 팔뚝도 긴 속눈썹도 다 너무 예쁜 나의 여름. 잘 자라 우리 아가.

얼음 소리

2019.08.20.

엄마는 커피를 좋아하고 아빠는 커피를 평생 열 잔도 안 마셔 봤을 것같이 커피에 관심이 없다. 그런 취향은 난 엄마를 닮았고 동생은 아빠를 닮았나 보다.

내가 커피를 마시면 안 되는 나이일 때, 기억 속에 우리에는 분홍색 하트 모양의 얼음 틀이 있었다. 펭귄 숟가락이라고 부르던 노란 플라스틱에 목이 긴 음료 스푼도 있었다. 겨울엔 잔에 마시던 커피를 여름이면 엄마는 꼭 기다란 유리잔에 커피를 탔다. 뜨거운 커피에 프림과 설탕을 넣어서 맛있고 달게 탔다. 거기에 하트 얼음들을 넣고 펭귄 스푼으로 돌돌 저으면 달그락거리는 얼음 부딪히는 소리가 들린다. 얼음이 점점 녹아 작아지면 어린 내 입에 쏙 들어가서 오물오물 녹여 먹을 수 있는 크기가 된다. 그러면 엄마는 엄마 옆에 강아지처럼 꼭 붙어 있는 나와 내 동생에게 펭귄 스푼 머리만큼 작아진 얼음을 떠서 입에 넣어 주었다. 얼른 깨 먹어버리고 동생보다 하나라도 더 얻어먹으려 입을 벌렸다.

얼음을 뜨며 살짝 같이 떠진 달달한 커피 맛이 좋았다. 고소한 건지 달달한 건지, 아예 한 컵 몽땅 먹어버리고 싶은 맛이었다. 달그락거리는 얼음 소리가 너무 좋아서 그 얼음이 작아지는 게 아쉬워서, 아빠 휴가에 맞춰 아빠 회사의 바다하계휴양소에서 여름 내 놀아 수영복 자국으로 타버린 내 몸이 다시 하얗게 되는 계절로 가는 것이 싫었다. 어느 날 갑자기 찬 기운이 여름 공기에 섞여 와 버리면 더 이상의 냉커피는 없으니까.

지금은 와그작거리며 얼음을 깨 먹진 않지만, 밖으로 가지고 나온 나의 찬 커피를 단숨에 먹고서 옆에 가만히 두면 얼음이 기온에 녹아 부딪히며 저절로 달그락달그락 소리가 난다. 난 그 소리가 정말 좋다. 작고 청량하다. 엄마가 언제까지나 내 입에 작아진 얼음을 넣어줄 것 같은 소리다.

집에서 와인 담기

2019.09.10.

"다인아 니 와인 해볼래?"

"네?"

"함 해봐라 해서 줄 테니까 집에서 익혀봐라."

아저씨가 해줄 테니 집에서 익혀보라 하셨다.

"다인아 어서 온다. 니 딱 맞춰왔다. 옷 갈아입고 나와서 밟그라."

"제가 밟아요? 이거를?"

"프랑스 가면 처녀가 밟는다. 하하하."

아주머니도 거들어 말씀하셨다.

30킬로그램의 포도를 거르고 거르면 양이 얼마 안 된단다. 하얀 옷을 아래위로 입었던 터라 아저씨 바지, 아주머니 윗옷을 입고 바로 투입

됐다.

"손으로 저어보세요. 친구와 스킨십 하듯이 따스함을 느끼죠. 당신에게 온 미생물 친구예요"라고 아저씨가 말씀하셨다. 발효가 일어나는 따뜻한 들통에 캔디의 자그마한 손을 푹 담그고 가지를 건져 내고 미처 터뜨리지 못한 알갱이를 주물러 터뜨렸다.

들통의 따스함은 매일 저녁 캔디의 몫이다. 하얀 옷도 예쁘게 물들었다. 세탁해서 안 빠지면 기념 티가 되는 것이고 중성세제로 빨아지면 다시 입으면 된다. 잘하고 싶은 욕심이 나지만 이것은 어디까지나 우리 셋의 첫 와인 공정이다. 마음엔 설렘과 걱정이 함께 들었다. 와인에는 기대만 넣어 맛이 좋아졌으면 좋겠다.

땅콩 씻기

2019.09.13.

부여 할머니 밭에서 땅콩을 가득 캐다가 씻는다. "너는 가만히 있는 게 도와주는 거다"라는 말을 하지 않는다. "하고 싶은 대로 두거라"라고 어른들은 말씀하셨다.

시어른들께서는 "애 너무 엄하게 하지 말어, 부모 보는 데서 안 한다고 안 하는 거 아니다. 애들 그냥 둬야 뒤에서 하는 일 앞에서도 한다. 걱정은 소나기 같은 거다. 소나기는 와야 오는 거여"라고 말씀하셨다. 다 자라 엄마가 된 줄 알았는데 나는 아직도 자라고 있다. 주변에서 아이, 어른 할 것 없이 나를 키운다.

떼어놓는다는 것은

2019.11.18.

아이를 키운다는 것은 아이를 조금씩 떼어놓는 과정이라고 누군가 그랬다. 그 말이 참 와닿았다. 도무지 익숙해질 수 없었던 배 속의 느낌을 시작으로, 나와 한몸으로 지낸 첫 1년. 내 몸에서 한 걸음 떨어졌던 첫발을 뗀 순간부터 매일 조금씩 아이를 떼어놓는 연습을 한다. 청소년이 되어 훌쩍 컸을 땐 완전히 몸에서 떼어놓고, 눈에서도 떼어놓을 즈음 되면 나는 어떤 인생의 과업을 완성할 수 있을 것 같다.

우리 가족은 그렇게 사랑으로 대를 이어왔고 우리 부모님도 우리 조부모님도 가족의 사랑으로 자랐다. 든든한 사랑의 밑거름은 어른이 되어서 자기만의 세상으로 잘 날아갈 수 있도록 해준다. 잘 떼어놓기 위해 꼭 안아 키운다.

아이를 사랑한다는 것은 곧 나를 사랑하는 것 같다. 나와 닮은 얼굴을 하고 있는 자식을 볼 때면 어릴 적 추억이 많이 생각난다. 동그마니 앉아 있는 뒤태나 손으로 항상 무언가를 만든다던가 노래를 흥얼거리는 모습들. 엄마 인생은 처음일지라도 아이에서 어른으로 온 시간은 기억한다.

아이에게 어떻게 해야 될지, 또 어떤 이해를 해줘야 할지 알고 있다. 그래서 엄마 인생 처음 걸음이 자식 인생 처음 걸음보다 쉽다. 이해하고 품고 포용해야 된다. 사랑으로 키워야 한다. 하루하루 걸음을 떼어 달려가는 아이를 보면서 시간이 흐르는 것이 눈으로 보인다. 언젠가 마음의 눈으로만 다 커버린 아이를 볼 시간이 올 텐데 그때 나는 조금의 아쉬움과 그리움만 남기고 싶다. 지금 우리가 아는 모든 지식과 사랑을 충만하게 주고 싶다.

제일 예쁜 나이

2019.12.31.

　　한 살이 제일 예쁜 줄 알았는데 두 살이 제일 예뻤고 세 살도 예쁘더니 더 예쁜 네 살이 왔다. 다섯 살 땐 예뻐서 어쩔 줄을 모르겠더라. 아이에게 미운 나이란 없다. 소중해서 못 견딜 순간만 가득했다. 다섯 살이 제일 귀엽고 예쁜 것 같은데, 내가 엄마에게 물었을 땐 서른다섯 살이 제일 귀엽고 예쁘다고 했다. 작년엔 서른네 살이라고 했다.

달빛은

2020. 01. 01.

해가 날 때는 아이의 밝은 부분이 더 도드라져 보이는데 달이 나면 아이의 서운했던 표정들이 다시 상기된다. 예를 들어 내가 화가 나 아이의 손을 안 잡아준 것 같은 그런 사소하지만 살살 성가신 가시처럼 박히는 것들.

벌써 이렇게나 커 자면서 나에게 몸을 포개 올 때면 묵직한 존재가 느껴진다. 그러면서도 한없이 가늘고 작은 손을 이리저리 만지며 턱 끝을 어루어줄 때는 사랑스럽고도 미안한 감정이 스민다. 내일은 더 잘해야지, 더 좋은 엄마가 되어야지 하면서도 쨍한 햇빛같이 아이의 밝은 웃음 때문에 한견의 아이의 서운함을 못 볼까 봐 걱정된다.

달빛은 사람 마음 깊이 들어와서 굳이 보고 싶지 않은 부분도 은근하게 밝힌다. 아이의 손톱을 하나씩 만져보며 뼈마디도 잡아보고 손을 감싸 안아본다. 끝은 항상 감싸 안아주면서 꿈속에서도 즐거운 나날이기를 바라본다.

취향이란

2020.03.11.

    삼시 세끼 잘해 먹이고 간식도 어지간하게 잘 챙겨 먹이는 기쁨도 크다. 세끼를 부지런히 해 먹으려면 설거지도 부지런히 해야 한다. 설거지를 한 뒤 면보에 올려 둔 그릇을 보면 묘하게 기분이 좋다. 나는 유리그릇과 도자기 그릇을 좋아하는데 혼수로 투박한 도자기 그릇을 할걸 그랬다. 가벼운 하얀 그릇을 택했는데 그땐 내가 엄청 깨 먹을 거라고 생각했고 그렇게 시간이 지나 살림 수준이 올라가면 그때 좋은 도자기 그릇으로 싹 바꿔야지 했다. 그런데 생각보다 깨 먹는 일은 없고 떨어뜨려도 튼튼했다. 있는 그릇을 없애지도 못하니 좀 더 천천히 그릇 세트를 바꿔도 되겠다.

    지금 우리 집 그릇장에 있는 참 예쁜 유리그릇은 엄마가 결혼할 때

혼수로 해온 것을 본가에서 가지고 온 것들이다. 진한 나무 색 고방 유리 그릇장에 넣어 두니 정말 예쁘다. 유리그릇이 주는 청량감은 분명 기분 좋게 한다. 음식을 담을 때도 더 예쁘게, 아래까지 더 예쁘게 담는다. 소재가 주는 기쁨이 크다.

좋은 소재에 단순한 디자인이면 최고다. 엄마의 취향이 내 어릴 적 취향에 크게 영향을 주는지는 모르겠지만 어릴 적 추억이 되새겨진다. 저 유리그릇에, 질금을 여러 번 걸러 새하얗고 깨끗한 엄마가 만든 식혜를 담아 먹었고, 딸기 철에는 바닐라 아이스크림에 딸기를 비벼 먹었다. 빙수를 집에서 만들어 먹기도 했다. 어려서 살던 집의 엄마 아빠 방에 가구는 역시 엄마가 혼수로 해온, 지금 다시 유행하는 북유럽풍 원목 가구들이었다. 참, 아빠 책상이 멋졌다. 그 당시에는 못났다고 생각했지만.

우리 집에는 할머니가 함께 살아서 엄마의 취향이 늘 두 번째였다. 아니, 엄마의 취향을 펼칠 기회가 없었을 거다. 엄마의 취향은 '심플과 세련'인데 할머니의 취향은 '심플과 화려'라서 취향이 반대라고 할 만큼 상반되었다. 가전제품이나 소품들은 당연히 할머니 취향대로 꾸며졌다. 커서 안 사실이지만 같은 유리 냄비를 살 때도 할머니는 장미가 크게 그려진, 엄마는 아무 무늬가 없는 투명한 것을 샀다고 했다. 거실 커튼에도 꽃무늬가 있었고 할머니의 침구는 늘 화려한 꽃들이 수놓아져 있었다. 집 안에 물건들은 거의 할머니가 고른 것들이었고 베란다에는 할머니가 기르는 많은 난초와 게발선인장 꽃이 줄지어 있었다. 기르는 화초마저 '심플과 화려' 그 자체인 꽃들이다.

엄마는 무던한 성격이라서 그냥 그 취향을 존중해준 걸까, 시어머니가 어른이라서 그냥 참았던 걸까. 난 후자라고 확신한다. 내 옷도 할머니가 골라 준 옷이 많아서 차분한 듯 보이지만 자세히 보면 무늬가 굉장히 화려하거나 악세서리도 붉은 장미가 있는 것이 많았다. 따지자면 나는 엄마 취향 쪽이 더 좋다.

그때는 모르다가 커서 사진첩을 뒤적여 보면 아가씨인 엄마의 옷과 신발이 모두 예뻤다. 눈에 들어온다. 나 역시 엄마와 취향이 다르지만 묘하게 겹치는 부분이 있다. 아, 나는 할머니 옷장에서도 옷을 잘 꺼내 입는다. 엄마도 할머니도 패션에 관심이 많긴 하다. 할머니의 직업이 옷을 만드는, 한복을 짓고 수를 놓는 직업이라서 더 그랬던 것 같다. 취향이라는 것은 꼭 존중해야 되고 마음껏 드러낼 수 있어야 한다. 그래야 나를 한번 더 돌아볼 수 있고 만족시킬 수 있기 때문이다.

그릇장 한쪽에는 아이의 그릇이 있다. 유아식을 끝낼 즘엔 더 이상 식판에 밥을 주지 않았다. 본인이 고른 예쁜 도자기나 비싸지 않은 외국 그릇을 사 모으는 것을 반대하지 않았다. 백화점이나 그릇을 파는 곳에 가면 무척이나 신나한다. 그러고는 자기 손만 한, '도대체 이걸 어디 쓰지?' 하는, 나는 찾지도 못하는 조그마한 것을 고르고서는 꼭 갖고 싶다고 말한다. 정말 비싸 봐야 3만 원이 안 되는 그런 작은 것들이다.

식사 시간에 예쁘게 담아서 보기 좋게 차려 먹는 것이 아이 스스로 존중하고 취향에 귀 기울이게 한다. 본인이 본인을 이해하고 알게 되는 그런 순간이 자라는 데 회반죽이 될 것이라고 생각한다. 아이가 밥 먹을 때, 잘 때는 항상 기분이 좋았으면 좋겠다. 아니지 현실적으로 항상은 안 되더라도 대부분 기분이 좋았으면 좋겠다. 훈육은 나를 제어하지 못하는 순간 폭력으로 다가갈 수 있으니까.

작은 우리 집을 어떻게든 내 취향으로 꾸미려고 하는데 이제 좀 큰 내 아이는 별로 마음에 안드나 보다. 옷이나 신발을 고를 때 "이건 어때?" 물어보면 호불호가 반반이다.

뭐든 다 사 주지 않지만 너무 갖고 싶어 할 때는 군말 없이 사 준다. 대신에 원하는 것 한 가지를 신중하게 생각해서 고르라고 한다. 떼 쓰는 행동은 네가 원하는 것을 갖는 데 아무런 영향을 주지 않는다는 것을 알려주었다. 소비에 재미를 느끼는 나이가 되었다. 그래서 조명을 바꾸거나 심지어 내가 쓸 이불보를 바꾸려 하면 아이도 꼭 의견을 내고 싶어 하는데 안목이 그럴싸해 나도 아이가 고른 쪽으로 마음이 쏠린다. 본인이 쓸 책장이나 의자 디자인 정도는 나와 의견이 같기도 하다. 그래도 만약 본인이 마음에 드는 것을 고르지 못한다면, "꼭 커서 사야지!"라고 말하며 넘기곤 한다. 커서 기억이 나나 보자며 속으로 웃지만 생각해보면 나도 어릴 때 그런 결심을 많이 했다.

　가르쳐주지 않았지만 내 행동을 비슷하게 하는 것이 놀랍고 신기하다. 이를테면 나도 친구들 눈동자를 거울 삼아 외모를 확인하는데 딸도 내 눈동자를 보고 외모를 확인한다. 잔을 드는 손동작이나 평소 손동작도 그렇다. 가끔 사람들이 언제쯤이면 아이 기르는 것이 편해지냐고 묻는다. 잘 모르겠다. 한줌 갓난이었을 때는 제왕절개로 내 몸이 너무 아팠고 내 몸이 아물어갈 즘엔 두줌 세줌으로 아이는 커나갔다. 두세 살 모두 필요가 다르고 쏟아야 하는 에너지의 형태가 달라졌다. 아주아주 두껍고 어려운 책을 아무것도 모르는 상태로 한 챕터씩 공부하는 것 같다. 그래서 언제 편한 건 사실 나한테는 없다. 익숙해지려 하면 다음 챕터가 기다리고 있다.

　요즘은 거실에 의자와 삼각대를 이용해 커다란 텐트를 치고선 그 속에서 논다. 볼 때마다 답답하지만 나도 그랬는걸. 환하고 눈부신 낮에는 굉장히 다부지게 그 속에서 혼자 잔다고 말한다. 해가 어스름히 지면 결단을 철회하고 엄마 옆에서 잔다고 한다. 그래 그래라. 뭐. 복숭앗빛 페인트를 칠해놓은 네 방에서 언젠가는 혼자 자겠지. 잘 때 보는 얼굴이 너무 귀엽고 내 몸을 덮쳐 오는 긴 다리가 성가셔 죽겠다. 새벽에 두 번쯤 가는 화장실도 꼭 나를 깨워 놓고 가는 것도 귀찮지만 아이는 자라고 그런 시간은 끝이 나게 되어 있다.

꽃 리어카에서 꽃을 산다

2020.05.12.

집 앞에 꽃 리어카 할머니가 새로 오셨다. 우리는 벌써 다섯 번째 몇천 원을 주고 꽃 한 단씩 샀다. 내 허리 즈음 오는 리어카에는 꽃 종류가 많지는 않아도 자주 꽃이 바뀐다. 우리 아이에게는 아직 높고 높은 리어카라서 까치발을 하고 꽃을 고를 때 기대감에 부풀어 행복해하고 고른 꽃을 받아 들면 몸집이 작아 꽃 한 단이 한 아름이다. 이번에 난 이름을 모르는 하늘색 꽃을 골랐고 아이는 자기 방에 둘 검붉은 작약을 골랐다.

"고맙습니다. 안녕히 계세요. 장사 잘하세요"라고 말하는 모습도 그저 사랑스럽다. 햇빛을 받으며 며칠 걸었더니 우리 둘 다 얼굴에 햇빛 흔적이 퍼졌다. 꽃 자체가 주는 기쁨이 있지만 아이랑 손잡고 꽃을 사러 걸어가는 길과 무엇을 살까 짧게 생각하는 시간, 꽃을 받아 들고 걸어는 그 길이 너무 기쁘다. 이제 더 이상 몸을 기울이지 않아도 아이 손을 편히 잡을 수 있고 몇 번 고쳐 잡아야 했던 목화송이만 한 손이 제법 커졌다. 자기가 모종이냐고 물어보며 까르르거리는 아이가 금세 커버렸다. 언제 왔었냐는 듯 가버린 이번 봄처럼 눈 깜짝할 사이에.

아이 같은 나날

2020.05.22.

　내가 딸을 주체적으로 기르기 위해 택한 방법은 힘껏 시간껏 끌어다가 품 안에 자식으로 기르는 것이다. 원래 사람은 어느 모둠에서나 엉키고 섞여 살아야 하는 것이니 꼭 자주적이거나 독립적이지 않아도 된다고 생각한다. 사랑받는다는 것이 어떤 것인지 주변 사람이 믿어주고 응원해주는 것이 어떤 것인지 알았으면 하는 바람이다. 좋은 사회적 모둠을 고르고 진짜 좋은 가치가 무엇인지 불안한 관계가 어떤 것인지 직관적으로 판단할 수 있게 하는 배움은 좋은 장난감, 좋은 물건과 전혀 상관이 없다.

　엄마 향기, 엄마 웃음, 엄마랑 붙어서 지낸 그 시간이 충만하면 만족하고 만족하면 자연스럽게 다음 단계로 커 갈 수 있다. 딸의 지적 발달도 중요하지만 마음 밭을 나중에 원하는 대로 가꾸기 위해서 지금은 이른 봄처럼 온기로 채워주어야 할 때다. 봄에 움이 트듯 따뜻함의 힘이 그렇게 크다. 활활 타는 열정은 내가 품고 비비고 안아주고 되는 대로 끌어 품은 다음, 엄마 품에 대한 욕구가 충분히 만족되었을 때 스스로 다음으로 넘어갈 수 있다. 아이만의 여름을 맞이할 수 있다. 나는 그렇게 믿고 아이를 기른다. 인생에서 가장 중요한 시기에 나는 밤이고 낮이고 더 더 끌어안는다. 사랑한다.

수박이 있는 밤

2021.03.06.

해가 길어 겨울의 다섯 시쯤 같다고 느껴지는, 어스름이 내린 여름밤은 수박이 꼭 있었다. 과일 시장에 수박들이 반질반질 어여쁜 인물을 뽐내면 엄마 아빠와 그놈들 중 하나를 고르러 갔다. 우리 집의 소소한 재미이자 징크스는 그 해 첫 수박이 맛있으면 줄줄이 맛있는 수박이 걸리는 거다. 그래서 멋도 모르지만 주인장 말 반, 직감 반으로 수박을 골라 온다. 처음 산 수박을 칼로 잘라서 정리해 냉장고에 넣을 때 엄마 옆에 찰싹 붙어서 얌체처럼 수박 한가운데 붉고 분홍빛이 도는 맛있는 살을 한 입 먹는다.

엄마는 그럼 가운데 살을 더 크게 잘라서 내 입에 넣어 준다. 정리하는 동안 옆에 있으면 얻는 특권이다. 미지근한 수박의 첫 입은 크게 달지 않으면 시원해지면 더 달아진다고 얘기하고 냉장고에 넣고, 달달해서 웃음이 안 감춰지면 그 자리에서 몇 조각 더 집어 먹는다.

여름 저녁엔 수박이 꼭 있어야 한다. 아빠가 퇴근하고 집에서 할 일을 다 마치고 나면 "다인아 수박 있나?" 하고 물으신다. 그럼 귀찮지만 냉장고에 엄마가 잘게 조각 내놓은 수박을 내어 간다. 작은 통에 있는 것을 먼저 먹으라고 한다. 나는 또 큰 통에서 붉은 부분만 있는 수박 조각을 휙 먹고는 닫아서 넣어 두고 가족들에게 수박을 먹자며 작은 통을 들고 거실로 가거나 식탁에 앉는다.

수박은 차갑고 청량하게 달아서 잘 밤에 먹으면 새벽에 화장실 가는 걸 알면서도 먹는다. 느지막이 안 먹으려고 저녁 식사 후 곧바로 양치를 해버리면 아빠는 젓가락 한 짝으로 자그마한 수박을 찍어 내 입에 넣고는 "수박은 물이라서 양치 또 안 해도 된다"라고 하신다. 나는 '아 진짜 안 먹을 껀데.' 하면서 손도 까딱 안 하고 받아 먹는다. "아, 아빠 작은 걸로 도. 아 흰색 있는 거 안 먹을 꺼다. 빨간 거 도"라고 말하면 아빠의 한쪽 젓가락에 주문대로 수박이 찍혀 온다. 평범하고 소소하게 즐거운 우리 집 수박 시간이다.

어떤 날은 그렇다. 가족들이 다 안 먹는다 하면 난 여러 번 물어보지 않는다. 나 혼자 먹지 뭐. 그렇게 수박이 열 통 가까이 사라지면 여름 맛이 끝난다.

3월은 나에게 여름을 기다리는 달이 되었나, 3월이 되면 여름 장면이 많이 생각난다. 아무래도 내가 여름을 기다리는 방식인가 보다.

여름의 문턱

2021.06.04.

며칠 전 엄마와 통화를 길게 하다가 돌아가고 싶은 시간에 대해 얘길 나눴다. 엄마는 시어머니를 모시며 바깥일을 하며 우릴 키웠다. 아빠와는 다른 수고스러움이 있었을 것이다. 한없이 어여쁜 나이에 우릴 낳았고 나의 시간과는 다른 시절을 보냈다.

나는 계속 "아이를 3년쯤 더 늦게 낳을 걸"이라고 이야기했고, 엄마는 아등바등 애썼던 젊은 시절은 그곳에 두고 지금이 좋다고 했다. 곱고 깨끗이 나이든 시간은 10월과 같다. 더할 나위 없이 땀 흘려 일구어냈던 여름 밭을 청량한 바람을 맞으며 바라보는 시간이다. 젊음은 여름의 문턱이며 뜨겁고 땀을 흘린다. 수고스럽지만 정말 예쁘고 시선이 간다.

나조차 무거워서 가라앉혀 놓은 감정의 무게는 다음 세대로 하여금

두 발을 땅에 닿게 하고 그 무게로 점점 마음 밭에 뿌리를 내릴 힘을 받는다. 말로써 전할 수 있는 감정을 받아들이는 시간은 유한하다. 어른으로 자라는 동안, 늙음이 다가오는 동안 그렇게 매 계절의 문턱에서, 마치 사람의 인생이 엿보인다고 느낄 뿐이다. 돌아가고 싶은 시간이 없다는 삶은 계절을 차근히 받아들이는 것과 같다.

양배추 속 행복

2021.06.04.

　양배추 물김치를 같이 담갔다. 본격적으로 귀여운 앞치마에 필요도 없는 도구를 멋지게 챙기고선 간이 계단을 가져와 옆에서 열심히 칼질을 했다. 마트에서 양배추를 고를 때 어느 놈을 데려갈까 고민하던 순간에 양배추 속에서 행복을 찾았다. 아이는 웃었고 집에 가서 만들 물김치가 너무 기대된다고 했다. 냉장고 속을 들여다보며 행복을 찾았다. 한 번 웃을 만큼의 작은 행복이다.

　절이는 양배추를 손으로 뒤집으라고 했을 때, 오이를 엄마 칼로 잘라보라고 했을 때, 가슬거리는 배를 한 아름 안고선, 밭에서 허리 숙여 따온 고추를 보고 작은 한입 거리 행복을 찾았다. 쓰고 남은 조각의 배를 아이 입에 넣어 줄 때도 도시락픽을 꽂아 주면 웃는 얼굴을 한 번 더 볼

수 있다. 하루에 잠깐 티끌 같은 행복이라도 찾아낼 수 있다면 그걸로
된 거다. 그럼 그것들이 아이 마음에 조금씩 붙어 뿌리내리고 언젠간
숲이 된다. 인생은 연속적이고 언젠가는 유년이 아득해지겠지만 어제
까지의 행복은 오늘을 살아갈 힘이 된다. 그러니 어디에도 존재하는 한
입 거리 그 행복을 놓치지 말기를. 잘 찾아보기를.

저녁 8시 20분

2022.01.27.

태어나서 밤이고 낮이고 엄마에게 달라붙어 있던 우리 아이는 낮에
는 떨어져서 친구들과 선생님과 있길 원하고 아직까지는 밤엔 내 곁에
있길 원한다. 8시 20분쯤 자기 방으로 가기 전 엄마 아빠 침대에서 10
분만 아니 5분만 있고 싶다며 있는 힘껏 풀이 죽은 표정으로 말한다. 어
떨 때는 그렇게 하루 마무리를 슬프게 울면서 할거냐고 새벽 바람처럼
말할 때도 있지만 난 대부분은 그 말에 져주며 따스한 침대로 내 품으
로 끌어들인다. 딱 그 정도, 안아주면 풀어질 손안에서 녹을 작은 눈송
이 같은 슬픔이다. 그러면 "고마워 사랑해"를 마구 외치면서 도저히 숨
겨지지 않는 복록한 광대를 보이며 긴 속눈썹을 볼에 닿을 정도로 깊이
깜빡인다. 실수로라도 잠들고 싶어 하며 품으로 파고든다.

"어떻게 이렇게 엄마 아빠 방은 좋은 걸까? 내 방보다 더. 내 방에 있으면 뭔가 불안한데 엄마 아빠 방은 너무 행복한 기분이 들어"라고 한다. 그럼 나는 "엄마도 아기였고 어린이였어서 아는데 원래 그래. 엄마한테 딱 붙어 있고 싶어. 그런데 커가면서 그게 바뀌어. 엄마 아빠 방이 불편하고 캔디 방이 더 편해지게 되어 있단다. 엄마가 아기, 어린이 다 겪어봐서 알아. 그래서 캔디 마음도 알아. 이제 가서 자렴." 그러면 5분이 이렇게 짧은 시간이었냐며 아쉬워하면서 자기 방으로 간다.

세상에서 엄마 아빠를 가장 사랑한다고 말하면서 커서 훨훨 날아가라고 해도 꼭 엄마 아빠와 살겠다고 한다. 안다. 나도. 딸아이는 항상 우리가 자길 사랑하는 것보다 자기가 우릴 더 사랑한다고 한다. 그런데 그 작아 보이는 가슴팍엔 정말로 별로 셈할 게 없어 그저 세상 전부가 부모의 사랑이다. 형편없는 찢어진 우산 같은 부모라 할지라도 아이는 부모 옆에 있어야 큰다. 그러니 스스로 내 곁에서 멀어지는 시간이 올 때까지는 안아달라고 하면 안아서 가슴을 채워줘야 하는 게 부모다. 체온을 나눠주고 귀찮도록 볼에 뽀뽀를 해 대는 게 우리의 할 일이다. 언제까지나 내가 안아주면 녹아버릴 크기의 속상함만 가졌으면 좋겠다.

네가 있어 지구에 남기로 했다

"다인아, 장미 가져가라." 초당 옥수수를 사고 아저씨네 있는 정원에서 장미를 따면 여름이 시작된다. 색색의 장미를 한 아름 얻어 오면 자그마한 우리 집에 장미 향이 들어찬다. 여러 종류를 놓고 비교해 보니 소니아가 제일 마음에 든다.

정성을 다해 닦고 주문을 걸어 키운 내 딸이 말간 팔다리를 내어놓고 책을 보는 여름의 시작이 몹시도 좋다. 네 삶의 계절이 잘 만들어놓은 청량한 분위기를 지닌 영화 같았으면 좋겠다. 네가 태어나서 세상이 더 좋아졌으니, 시간을 되돌려도 나는 지구에 남기로 했다. 될 수 있으면 오래 너와 시간을 보내고 싶다.

인생은 모든 것을 일분일초 겪어내야만 한다. 기필코 언젠가는 내가 준 사랑만큼의 슬픔이 너에게 온다. 함께 쌓아가는 사랑의 시간만큼 큰 슬픔이. 내 세대가 끝이 났을 때 너는 충분히 늙은 모습이기를 바란다. 그때 너무 울 필요 없이 슬픔에도 편한 미소가 지어질 만큼 늙은 모습이길 바란다.

그리고 네 옆에는 나만큼 너를 사랑해주는 사람이 있었으면. 네가 결혼을 한 어른이었으면 좋겠다. 짝이 있다는 것은 세상 행복한 일인데 그것만은 알았으면 좋겠다. 도무지 알 수가 없는 것이 인생이지만 그것만은 알았으면 좋겠다.

우리가 너에게 대하는 태도가 네가 겪을 사람 사이 기준이 되었으면 좋겠다. 네가 너무 소중해서 그런 생각이 들었다.

계절이 오는 향기

1판 1쇄 발행 2023년 12월 31일

지은이 이다인
펴낸이 정태준
편 집 오현민, 자현

디자인 김주연
마케팅 안세정

펴낸곳 책구름 **출판등록** 제2019-000021호
팩스 0303-3440-0429 **전자우편** bookcloudpub@naver.com

ⓒ이다인 2023

ISBN 979-11-92858-14-2 (03810)